少年趣读
封神演义

〔明〕许仲琳 ◎ 著

李宝新 ◎ 改写

双方阵营

商营

- 纣王 
- 苏妲己 
- 闻仲 
- 申公豹

主要人物

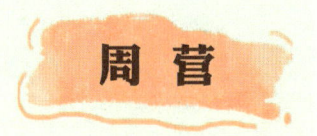

周营

姬昌（周文王）

姬发（周武王）

哪吒

姜子牙

黄飞虎

雷震子

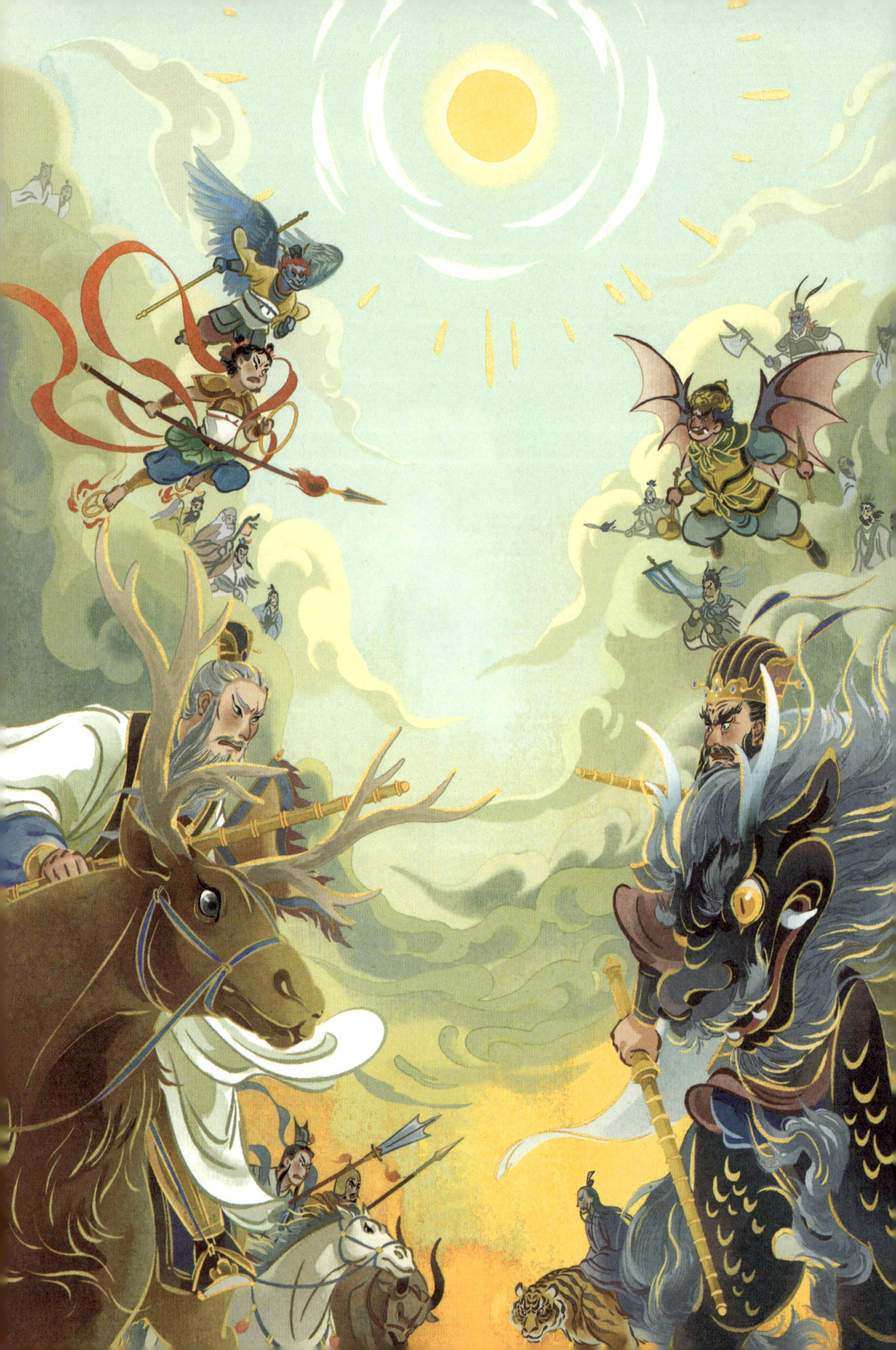

目录

001　第一章　无道纣王害忠良

祸起女娲宫 / 002

妲己入宫 / 004

云中子欲降妖 / 010

纣王造炮烙 / 013

姜王后遇害 / 017

两殿下逃难 / 020

迫害忠良 / 024

姬昌收雷震子 / 028

031　第二章　上天入海小哪吒

哪吒出世 / 032

哪吒闹海 / 035

南天门痛打老龙王 / 038

太乙真人收石矶 / 044

莲花重生 / 048

053　第三章　姬昌七年大难

羑里囚姬伯 / 054

伯邑考枉死 / 061

雷震子救父 / 064

069　第四章　姜子牙拜相

姜子牙下山 / 070

火烧琵琶精 / 075

姜太公钓鱼，愿者上钩 / 080

文王访贤 / 085

089　第五章　比干遇害

妲己请妖赴宴 / 090

七窍玲珑心 / 094

099　第六章　黄飞虎反商

激反武成王 / 100

黄天化救父 / 106

过关斩将终投周 / 111

115　第七章　闻太师伐西岐

姜子牙结怨申公豹 / 116

闻太师降服四天君 / 120

西岐大战 / 124

十绝阵 / 129

闻仲归天 / 136

139　第八章　大结局

商朝覆灭 / 140

封神三百六十五 / 143

第一章 无道纣王害忠良

祸起女娲宫

几千年前，中国有一个朝代叫商朝，商朝有一个皇帝叫帝乙。帝乙生了三个孩子，老大叫微子启，老二叫微子衍，老三叫帝辛，帝辛就是我们这里要说的、后面成为皇帝的纣王。老皇帝帝乙有一次游览御花园，和文武百官玩赏牡丹，正在尽兴处，飞云阁中有一根横梁倒塌了，同在游玩的帝辛一手托住房梁，救了父亲的性命。帝乙发现小儿子帝辛力大无比，心里非常高兴。当时朝中首相商容，上大夫梅柏、赵启等人正上奏折商议立太子的事。本应该是立大儿子为太子的，但是帝乙觉得三儿子天生神力、有异象，于是决定立他为太子。

帝乙去世之后，帝辛做了皇帝，就是我们在历史书中学到的商纣王。有一天，纣王上朝，宰相商容启奏说："明天是三月十五，是女娲娘娘的生日，请大王去女娲宫上香。"

纣王问道："这女娲是谁啊？有什么能耐，要我这么尊贵的人去给她上香？"

商容说："这女娲娘娘可不是一般人。她是天上的神女。早先，天上破了一个大洞，银河倒流了下来，地上发了大水，淹死了不少生灵。多亏了这个女娲采了五色石，把天上的漏洞补好了。人们都很感谢她，所以把她当神，年年祭祀这位神。"

于是纣王决定去女娲宫给女娲娘娘进香。

到了三月十五这一天，纣王带着文武众臣，去女娲宫进香。进到女娲宫，纣王见这女娲娘娘的神像非常美，不由得动心了。他想：我贵为天子，后宫中没一个这么漂亮的。他就叫随行人员拿笔墨来，在墙上写了一首诗：

> 凤鸾宝帐景非常，尽是泥金巧样妆。
> 曲曲远山飞翠色，翩翩舞袖映霞裳。
> 梨花带雨争娇艳，芍药笼烟骋媚妆。
> 但得妖娆能举动，取回长乐侍君王。

大概意思是，女娲的塑像真是太好看了，如果它能动的话，真想带回皇宫里让它伺候我。

商容一看吓坏了，忙说："女娲不是凡人，可是神仙啊！大王写这样的诗，是亵渎神灵！人们看见了会怎么说？快拿水来洗掉！"

纣王却不以为然："我看女娲长得这么好看，写诗赞美她，这有什么？你不用多说了。别人看到了也只会说我很有品位，是真性情。"

文武百官都低着头，不敢再多说什么。纣王回到宫里，中宫姜后、西宫黄妃、馨庆宫杨妃前来拜见。纣王一看，真的都被女娲娘娘比下去了。

不久女娲娘娘从火云洞朝贺伏羲、炎帝、轩辕三圣回来，看到墙上纣王留下的诗句，不禁大怒，斥骂道："纣王这个无道昏君，不想着修身立德以保天下，却写诗来侮辱我，真是太可恶了！想我保佑成汤伐桀称王天下已有600年，如今看来，殷商是气数已尽，到了要改朝换代的时候了！"

妲己入宫

时间过去了几年。有一天，东伯侯姜桓楚、南伯侯鄂崇禹、西伯侯姬昌、北伯侯崇侯虎率领八百镇诸侯到朝歌朝觐纣王。这时太师闻仲不在都城，纣王宠爱费仲、尤浑两位奸臣。各路诸侯都知道这二人把持朝政、作威作福，不敢得罪，只好在朝拜天子前给他们送礼，贿赂贿赂，博得他们的欢心，希望他们能在天子面前替自己美言几句。可有人偏偏不买账，那就是冀州侯苏护。这个人刚正不阿、秉公办事，最恨溜须拍马，怎么会去给奸臣送礼？两位奸臣清查诸侯的礼物时，发现唯独没有苏护的礼单，于是便怀恨在心，决定给他点颜色看看。

费仲、尤浑趁纣王召见之机，在纣王面前说："臣听说冀州侯苏护有个女儿，那真是国色天姿啊，而且文静贤淑、知书达礼。如果选进宫来，服侍圣上，那是一件多么美妙的事情啊！"纣王听了龙颜大悦，就召见苏护。

苏护来到龙德殿，纣王说："我听说爱卿有一个女儿，品行端正、举止文雅。如果她做了我的妃子，爱卿就是皇亲国戚了，不但地位显要，还有享不尽的荣华富贵，天下人没有不羡慕你的！爱卿觉得怎么样？"

苏护听了一怔，再看看费仲、尤浑这两个人都在，心中已明白八九分。他对纣王说："大王宫中上有娘娘，下有妃子。臣想肯定有奸臣在大王面前出馊主意，想让大王承担不义的名声。况且臣的女儿体弱多病，一向不懂得礼节，无德无貌，恳请大王允许臣把她留下。这样还能清除小人谗言对大王的影响，使天下百姓知道大王听得进忠言，一心为国，会传为美谈的。"

纣王听了哈哈大笑："我看爱卿很不识大体啊。从古到今，谁不希望自己的女儿嫁个好人家？爱卿女儿成为后妃，尊贵无比，爱卿就是皇亲国戚，荣耀显赫，谁又能比呢？爱卿不要执迷不悟了。"

苏护听后，怒火中烧，厉声回答："臣听说作为国君应当品德高尚、勤政为民，这样才能使百姓心悦诚服、甘心顺从，天下才能太平。大王不要忘了夏就是由于朝政荒废、贪图享乐才灭亡的。想我大商的祖宗，励精图治、赏罚分明、宽厚仁政，才建立了这一番基业。现在大王不向祖宗学习，却向那夏王学习，这不是自毁基业吗？"

纣王听了，勃然大怒："大胆！竟敢把我比作亡国之君，大逆不道！来呀，拉出去砍了！"

卫士马上将苏护拿下，拖了出去。费仲、尤浑你看看我我看看你，心想：不能杀啊。这一切都是因我们而起，传出去会对我们不利。将来苏护的女儿若是进宫做了娘娘，我们会吃不了兜着走。

尤浑赶紧跪下对纣王说："苏护抗旨，罪该万死。但大王若因为这件事杀了苏护，传出去会有损大王的英名。不如放苏护回去，他自然会感激大王的不杀之恩；老百姓也会知道大王宽厚大度，能虚心接受别人的意见。这不是一举两得吗？"

纣王听了有所缓和，同意赦免苏护。

苏护回到下榻地，心中火气难消，大骂纣王："这个无道的昏君！

不思进取，听信谗言，居然想选我的女儿进宫为妃。这一定是费仲、尤浑这两个浑蛋出的主意。我据理力争，昏君居然说我抗旨，还要杀我！现在假惺惺地放了我，实际上是在逼我就范。不让女儿进宫，我性命难保；送女儿进宫，我们将父女分离。怎么办呢？"

有将领知情后提议，不如自立为王。气昏了头的苏护，想都没想就说："对！就这么办。大丈夫光明磊落，不能做让人不明白的事！"于是叫左右取来文房四宝，在城墙上题了一首诗："君坏臣纲，有败五常。冀州苏护，永不朝商。"随后带着随从出了朝歌，直奔冀州而去。

马上有人把苏护题反诗的事情报告了纣王。纣王气得哇哇大叫："岂有此理！我不杀你，让你回去，你反而写诗挑衅，还要当反贼。真是罪该万死。"纣王命令北伯侯崇侯虎领兵五万征讨苏护。崇侯虎便带领人马浩浩荡荡地向冀州进发。

两军阵前交战，直杀得天昏地暗，血流成河。双方各有胜负，不分伯仲，陷入相持阶段。这天苏护听守城官来报，西伯侯姬昌的大夫散宜生求见。苏护命令打开城门，见到散宜生问："大夫光临冀州，有何指教？"

散宜生说："我奉西伯侯之命，带来一封书信给您。"

苏护打开信，只见上面写道：

> 西伯侯姬昌问候冀州君侯：整个国家和子民都是大王的，现在大王想要选妃，哪家躲得过去？您有一个好女儿，大王想要选她入宫，这是好事呀。您居然敢与大王抗衡，违背大王旨意，还题了反诗，想要干什么呢？您已经犯了不可饶恕的罪行。您

只顾小家、爱女儿，却失去了君臣的大义。我听说您一向忠心耿耿、为人正直，所以不忍心坐视不管，特地良言相劝。如果您听我的，可转祸为福！我认为您献上女儿，有三大好处：第一，您的女儿得到天子宠爱，尊贵无比，您作为父亲是皇亲国戚，有享不尽的荣华富贵。第二，冀州这个地方将远离战火，永保安宁。第三，老百姓可免遭生灵涂炭之苦，军人可免除战争的杀戮。您如果执迷不悟，就会有三害降临：第一，冀州失守，家园无存。第二，骨肉分离，家族灭绝。第三，生灵涂炭，军民将遭灭顶之灾。大丈夫应当舍小节、顾大义，哪里能效仿那些鼠目寸光之辈自取灭亡呢？我与您都是商朝的大臣，不能见死不救，所以直言相劝。希望您三思而行，当机立断。

苏护看完长叹一声："真是一语惊醒梦中人啊！"

苏护回到家中，将事情的来龙去脉向夫人杨氏详细地说了一遍。夫人含着眼泪说："我们这个宝贝女儿一向娇生惯养，根本就不懂得服侍大王的礼节。如果惹出什么祸事，该如何是好？"

苏护也叹息一声："唉！这也是没有办法的事，只有听天由命了。"

夫妻二人长吁短叹，伤感了一夜。

第二天，苏护点齐三千人马、五百家将，准备好行李，叫女儿妲己梳妆打扮，启程出发。

苏护护送妲己日夜兼程，向朝歌前进。一天傍晚，到了恩州。恩州守丞前来迎接。苏护说："大人赶紧收拾屋子，安置贵人。"守丞说："侯爷，这个驿站三年前出现过一个妖精。以后凡是路过的官老爷，皆不在城里停留休息。所以请贵人暂且在军营里安歇，可确保平安无事。不知道侯爷认为怎么样?"

苏护大声喝道:"这是什么话?大王的贵人,还怕什么妖魔鬼怪吗?城里有好房子住,哪有住在军营的道理?你快去打扫房子,收拾得干干净净,不要找借口拖延,否则治你的罪。"守丞一听,赶忙叫众人收拾好屋子,准备好铺盖,点上香草。

苏护将妲己安置在后面内室里,由五十名丫鬟左右服侍着;将三千人马都布置在屋子外面担任警戒,五百家将在门口站岗。苏护亲自坐在大厅里,点上蜡烛,心想:"刚才守丞说这里有妖精,可这是个繁华热闹、人烟密集的地方,怎么会有这种事呢?但是也不能不作防备。"于是将自己的兵器豹尾鞭放在桌子旁边,挑灯看起了兵书。不觉已经到了半夜,苏护始终放心不下,就提着铁鞭,悄悄地走到后堂,对周围仔细观察了一番。听不到女儿和丫鬟们的声音,知道她们已经睡着了,这才放心。

三更天时,怪事发生了。只见忽然一阵风刮来,吹得人寒毛倒竖,灯光忽明忽暗。苏护也被这阵怪风吹得毛骨悚然。他心中正大惑不解时,突然听到后面内室里有个丫鬟大叫一声:"有妖精来了!"

苏护听说后面有妖精,急忙左手拿着灯,右手提着铁鞭,直奔内室。刚到大厅后面,手中的灯已被妖风扑灭。苏护急忙转身再到大厅,大叫:"家将,赶紧拿灯火来!"等拿来灯火后再进内室,只见丫鬟们慌慌张张,手足无措。苏护急步走到妲己的床前,用手揭开帐子,问:"女儿啊,刚才有一股妖风袭来,你有没有事?"

妲己回答:"刚才女儿正在做梦,好像有丫鬟喊妖精来了,女儿正要起来看,就见到了灯光,才知道是爹爹来了。并没有看见什么妖精啊。"

苏护吁了一口气,说:"感谢老天保佑,没有惊吓了你就好。"苏护又安慰了女儿几句,让她继续安歇,自己仍然去巡视,不敢睡觉。

苏护不知道,这个与自己对话的人已经不是他的女儿妲己,而是一只千年狐狸精。真的妲己已经被狐狸精害死,魂魄也已经被狐狸精吸去了。狐狸精附在苏妲己的形体上,借妲己的身形迷惑众人。但苏护还把它当成女儿,一点儿都不知道,继续赶路。

到了朝歌,纣王免去了苏护的罪过,宣妲己朝见。妲己进午门,过九龙桥,来到大殿。纣王一见妲己就被她的绝世美貌惊呆了,以为是仙女下凡、嫦娥转世。妲己眉目如画、万种风情,娇滴滴地说:"罪臣的女儿妲己,祝愿大王万寿无疆!"几句话把纣王哄得魂不附体、骨软筋酥、手足无措。纣王赶紧搀起妲己,命令左右宫女:"赶紧送苏娘娘进寿仙宫,好好侍候。"

被狐狸精附身的妲己就这样进了皇宫。

云中子欲降妖

纣王自从有了妲己这个美色妃子,天天在寿仙宫吃喝玩乐、笙歌不断。就这样一直持续了两个月,不上朝、不理政,各地的奏折码成了一座小山。

首相商容、亚相比干看到纣王不理朝政,心急如焚。上大夫梅伯也是如此。他们商量着要召集文武百官,一起劝劝大王。

传殿官于是敲鼓请大王登殿,可敲了好一会儿,也不见纣王的踪影。原来他正在摘星楼玩乐,听到声音,才极不情愿地告别妲己,来到殿上。只见两个丞相抱着奏折,后面还有大夫也抱着奏折,乌泱泱都是人,顿时想退朝。

两个丞相跪地劝说:"大王已经有两个月没有上朝了。现在天下水灾、旱灾不断,各地情况不容乐观。臣等恳请大王远离美色,以国家事务为重。"

纣王不信:"哪里有什么灾情?我听说现在国泰民安,只有北海有一小伙逆贼,相信很快就能平定。其他小事,由二位处理就行了。"

说话之间,门外有报,终南山道士云中子求见。纣王正好想打断两位丞相的话题,于是传话让道士进来。他问道:"那个道士,你从哪里来?有什么事?"

道士回答:"贫道从云水来。"

纣王很奇怪，没有听说过这么一个地方啊。

道士低声道："心似白云常自在，意如流水任东西。"

纣王道："道士果然高明啊。那么道士具体有什么事呢？"

道士答："贫道云中子，平日住在终南山玉柱洞。有一天在山上采药的时候，看到朝歌妖气很重，今日特来除妖。"

纣王笑着说："你这个道士莫名其妙。我这里是王宫禁地，哪有什么妖精？"

云中子摆摆手："妖精都善于伪装，大王当然认不出来。"

纣王无奈地问："就算有，难道你能认出来？另外，你打算怎么除妖呢？"

云中子掏出松树枝削的木剑，说："这是巨阙剑，用来镇妖。只要把它挂在分宫楼，不出三天，妖精就会被除掉。"

纣王半信半疑地接过木剑，按照云中子的说法，让人将木剑挂在分宫楼上。

待纣王回到寿仙宫，没有看到妲己来接驾，便问左右："妲己何在？"

宫女告诉纣王，苏娘娘病了。纣王听后，马上跑进内室，掀开幔帐。只见妲己昏昏沉沉、面色惨白，病得很重的样子。他急忙问道："有个道士说王宫有妖精，难道真有妖精要来害我爱妃？这可怎么办？"

妲己勉强睁开双眼说："大王，刚才我出去看大王是不是快退朝回来了，走到分宫楼前，看见上面有一把剑，寒光闪闪，十分瘆人。我可能受到了惊吓，回来就生病了。我本想好好伺候大王，谁想到这就生病了。请大王好好保重身体，不要管我，我可能是活不长了。"说完就哽咽起来，泪流不止。

纣王被感动了，也含着泪说："都怪我一时糊涂相信了那个道士，差点害了爱妃的性命。"于是马上吩咐左右把木剑取下来烧掉了。

刚烧了木剑，妲己就恢复了精神，容光焕发，美貌依旧。纣王高兴地说："我的心肝宝贝又变回成美人了。"于是摆宴庆祝，欢歌笑语。

云中子离开王宫后，没有立即返回终南山，暂时还在朝歌城中。不久，他又看到妖光从城中泛了出来，不禁感叹："我原想用木剑镇住妖精，让纣王专心朝政，以延续商朝气运。没想到纣王不听劝啊！罢了，罢了，天意难违，由它去吧！我下山一场，留一句话，也让后人看我的话能否应验。"于是在司天台杜太师家的照墙上写下了一句话：

妖氛秽乱宫廷，圣德播扬西土。要知血染朝歌，戊午岁中甲子。

写完，云中子即返回了终南山。

纣王造炮烙

杜太师名叫杜元铣,这天回到家,看到很多人在自己家门口议论纷纷,走近一看,发现了墙上的题诗。他命人洗掉了。但他回家细细琢磨起这首诗,再联系近日来的异象,猜想是那个道士云中子在提醒自己。于是他连夜写了奏折,向纣王禀报此事。

因为纣王不上朝,呈上来的奏折均由他人代看。这天看奏折的正是商容。杜太师非常高兴,上前行过礼后说:"丞相,昨天有位道长在照墙上题诗的事你听说了吧?这可关系到江山社稷的安危啊。我特地写了个奏章,请老丞相一定要呈给大王。"

商容听后说:"太师既然如此操劳,老夫哪有不管的道理?不过,这些天大王根本就不上朝,连面都见不着,怎么汇报呢?这样吧,今天老夫与太师一道闯进后宫去见大王,怎么样?"

杜元铣说:"既然如此,只好这么办了。"

于是二位直奔后宫而去。

二人到了分宫楼,见到侍卫官,商容就说:"烦请大人通报大王,就说商容有要事求见大王。"

纣王虽然不高兴,但商容是三朝元老,碍于这个情面,不得不见。商容进来跪在台阶前。纣王说:"丞相有什么急事,非要来宫中见我?"

商容回答:"太师杜元铣有要事禀报,托臣将这个奏章交给大王。"

说完将奏章呈了上去。

纣王一看，又是关于宫中妖精的事。于是回头问妲己："杜元铣上书，又提妖精在宫中作怪的事，爱妃怎么看？"

妲己上前跪倒说："前几天妖道云中子捏造谣言、蛊惑人心，差点要了我的命。现在杜元铣又借题发挥，无事生非，制造混乱，弄得人心惶惶，肯定是妖道的同党。依我看，这些人故意制造谣言，非把这个国家毁了不可。如此罪大恶极，应该把他们都杀了！"

纣王拍手说："美人说得好极了。"于是传旨："来呀，把杜元铣斩首示众，以警告那些传播谣言的人。"

商容一听就呆了。但不容他说情，杜元铣就被五花大绑，推出午门去了。杜元铣刚被带到九龙桥，遇到上大夫梅伯。梅伯看见杜太师被绑，不解地问："太师这是犯了什么罪过啊？"

杜元铣叹了口气："唉！一言难尽啊！"

梅伯看到商容，就问："丞相，杜太师怎么了？"

商容愤愤地说："太师给朝廷上奏章，说宫中有妖精。大王听了苏娘娘的话，居然要杀太师。"

梅伯听了气得七窍生烟，大叫："太师是国家的栋梁，怎么说杀就杀了呢？丞相，我们一道去问问大王。"说完拉着商容就往宫里闯。

纣王见两人同来，耐着性子问："二位爱卿有什么事情？"

梅伯回答："大王！臣梅伯想不明白，杜太师犯了什么国法？"

纣王说："杜元铣与妖道是同伙，造谣生事、惑乱民心、危害国家，罪不可赦。这等奸臣，还留着干什么？"

梅伯听了不禁怒火中烧，大声说道："臣听说尧治理天下的时候，善于听取文武大臣的意见，所以天下太平。大王不理朝政，只听苏

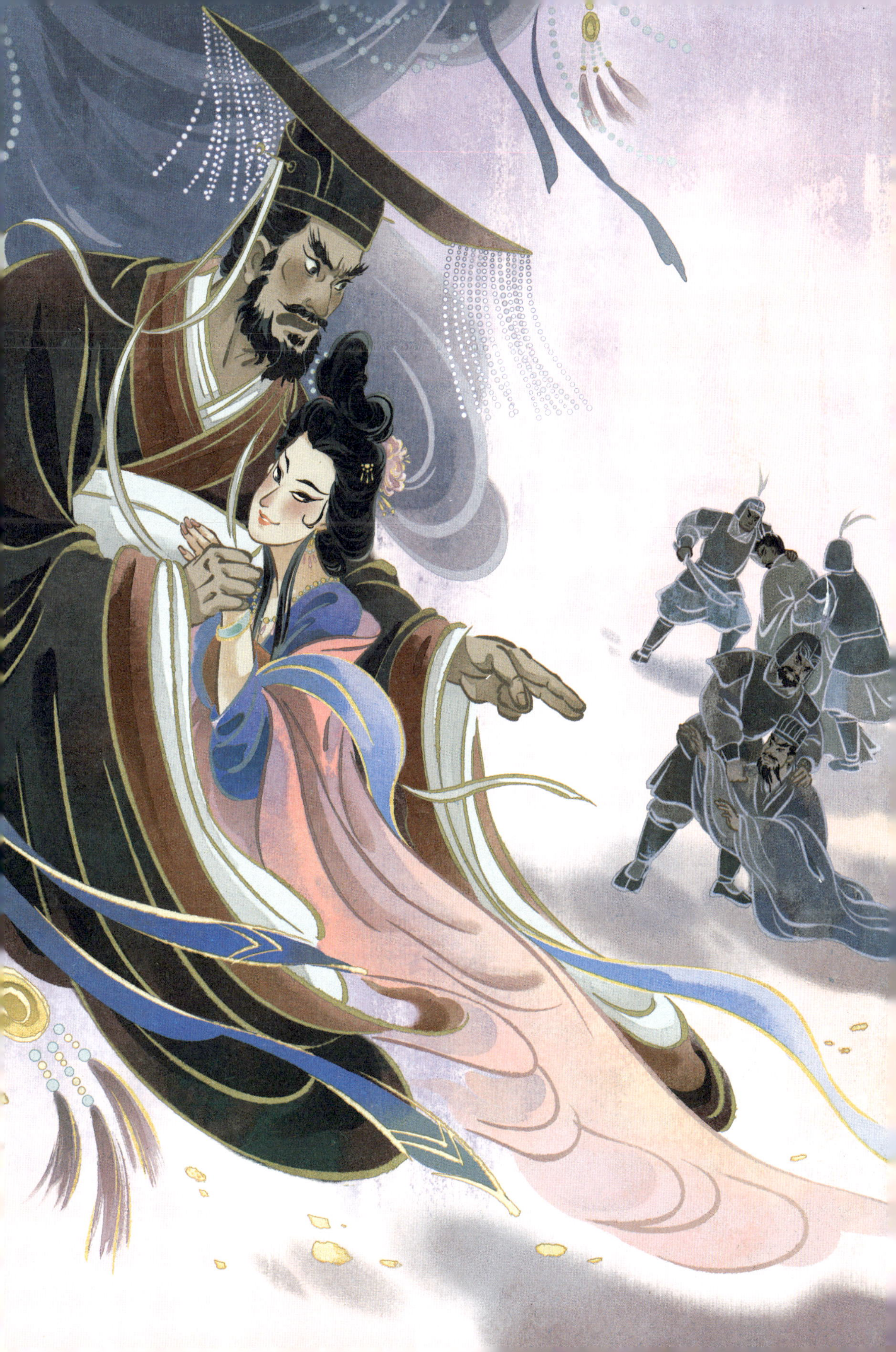

纣王昏庸无道，不理朝政。忠臣直言上谏，却遭受酷刑迫害，朝中大臣人人自危。

妲己的鬼话,大好的河山就要被葬送了!"

纣王气得浑身发抖,大叫一声:"把梅伯推出去砍了。"

侍卫正要动手,妲己说:"且慢。大王,这个人胡言乱语、大逆不道,不能这样便宜了他。"

纣王问:"美人有什么高见?"

妲己说:"大王,不如先把梅伯关起来。我想到一种刑罚,保证会让以后不会再出现像他这样欺君犯上的人。"

纣王一听来了劲,问:"是什么样的刑罚啊?"

妲己说:"先用铜造一根高二丈①、圆周八尺的柱子,柱子的上、中、下共开三个门,在里边用炭火烧红。再把他的衣服扒光,用铁丝捆在铜柱上,不一会他就会烧成灰了。这种刑罚叫'炮烙'。如果不用这种酷刑,就镇不住那些奸臣、恶人。"

纣王听了哈哈大笑,表示赞赏,于是传旨:"将杜元铣斩首示众,将梅伯关进大牢,火速制造炮烙刑具。"

商容见纣王昏庸无道,听信妲己,竟然造炮烙这样残酷的刑具,心里不由长叹一声:"罪孽啊!忠臣枉死、奸邪当道,国家怎么会不灭亡?大势已去,我还留在这里干什么?"于是对纣王说:"大王,臣已经老了,不能担当重任了。如果有一天糊涂了,得罪了大王,恐怕承担不起。所以恳求大王看在臣三朝元老的薄面上,允许老臣解甲归田。"

纣王见商容要辞官,嘴上假惺惺地挽留,心里却巴不得他走,于是答应了。

商容垂头丧气地与前来送行的黄飞虎、比干等官员告别。

---

① 一丈约等于 3.33 米,一尺约等于 0.33 米。

没过几天，炮烙刑具就造好了。纣王非常高兴，对妲己说："美人的方法太神奇了，你真是治理国家的奇才啊。明天先把梅伯处治了，看以后谁还敢不听我的话？"

第二天，纣王上朝，钟鼓齐鸣，文武大臣站立两旁。朝贺完毕，武成王黄飞虎看见宫殿东面有二十根大铜柱，不知道是什么东西，心里不由得一阵嘀咕。这时就听纣王说："带梅伯。"纣王又下令把铜柱推来，在三层门里烧起了炭火，用大扇子呼呼地扇着，一会儿就把铜柱烧得通红。各位官员看得莫名其妙，不知道纣王要干什么。

这时梅伯被带上来了，只见他披头散发，穿着白衣服，跪在下面，说："罪臣梅伯参见大王。"

纣王用手一指铜柱，说："老家伙，你看看这是什么东西？"梅伯摇了摇头。纣王大笑，说："你只知道骂我、侮辱我，现在我要你尝尝厉害。告诉你吧，这是炮烙。我要在大殿前炮烙你，让你顷刻间灰飞烟灭。谁要再敢欺君犯上，你就是榜样。"

梅伯听后，大骂道："你这个昏君！我梅伯死不足惜，可惜的是大商几百年基业竟要葬送在你这个昏君手上！你死后有什么面目去见你的先祖？"

纣王大怒，命令剥去梅伯的衣服，用铁丝绑住手脚，按在烧红的铜柱上。可怜的梅伯惨叫连连，不久便气绝身亡。

文武大臣全都被吓得闭上了眼睛，浑身颤抖。看到一名忠臣竟然被害惨死，大家人人自危、个个胆寒，都萌生了辞官归家的念头。

姜王后遇害

炮烙梅伯后，纣王回到后宫，妲己出来迎接圣驾。纣王传旨，设宴与美人庆功。瞬时鼓乐齐鸣，好不热闹，一直到二更天还不停息。

姜王后被闹得怎么也睡不着，就问："深更半夜的，这是什么声音？"

宫女回答："娘娘，这是从寿仙宫那儿传来的宴乐声。"

姜王后叹了口气说："大王用炮烙残害梅伯，太惨了。我想肯定是妲己在蛊惑大王，引诱大王做坏事。身为后宫之主，不能不管。我去寿仙宫看看。"

到了寿仙宫，只见妲己翩翩起舞，纣王醉眼蒙眬。姜王后马上变了脸色，冷冷地对纣王说："我听说国君应当有好的修养，要远离女色、勤政爱民，这样才能得到百姓的爱戴。现在大王只知道享乐，这样下去是很危险的，望大王三思而行啊！"说完掉头就走。

纣王正在兴头上，被姜王后泼了一盆冷水，很是恼火。妲己赶紧火上浇油，跪下说："我从此再也不敢唱歌跳舞了。"

纣王问："为什么？"

妲己故作委屈地说："姜王后这是在责备我啊，说我用歌舞来害大王。这话如果传出去，我还怎么做人呢？"说完放声大哭。

纣王听了大怒，说："不要管她，美人只管尽心服侍我。改天我废了她，立你为王后。有我为你做主，不要担心。"

妲己听了笑逐颜开，暗想：姜王后是我的一块心病，一定要想办法除掉她。于是妲己想到了大奸臣费仲，便通过宫女鲧捐给他下了一道密旨，要他设法除掉姜王后。费仲得到密旨，也犯难了。他知道姜王后毕竟是一国之母，她的父亲又是东伯侯姜桓楚，手握百万雄兵，怎么惹得起？但这小子一肚子坏水，一看到膀阔腰圆的家丁姜环，就计上心来。他赶紧通知鲧捐，要妲己配合他行事。

有一天妲己对纣王说："大王有好多天没有上朝了，文武百官会有意见的，不如明天上朝吧。"

纣王听了很高兴，就说："美人真是贤惠，我明天就上朝。"

第二天纣王走出寿仙宫，过了圣德殿，来到分宫楼前。他正走着，突然从分宫楼门角旁，蹿出一个人来。他手拿宝剑，厉声大喝："好你个昏君，整天只知道吃喝玩乐，要你有什么用？我奉王后的命令杀了你，好让太子做大王。"说完一剑刺过来。他还没靠近，就已经被侍卫拿下，带到大殿上。文武百官不知道出了什么事。

纣王说："刚才在分宫楼旁有一名刺客，拿着剑想刺杀我，不知道是谁指使的。哪位爱卿愿意去审问一下？"

费仲怕别人审会露出马脚，赶紧说："臣愿意去审。"

费仲去了一会儿就回来了。纣王问："审出来了吗？"

费仲回奏道："刺客姓姜，名环，原来是东伯侯姜桓楚的家将。奉了姜王后的命令行刺大王，想夺取王位。"

纣王听了，怒不可遏，大叫道："姜王后是我的妻子，竟然要杀我篡位，还有什么夫妻情分？我这就回宫去问问她。"说完怒气冲冲地走了。

姜王后一听，知道自己被陷害，但又百口难辩，大哭道："冤枉啊！冤枉啊！这是什么人在害我啊？我一向忠于大王，怎么可能派人去刺杀大王呢？"

妲己一看王后不承认，恶狠狠地说："如果王后不承认，就挖掉她的一只眼睛。"

姜王后说："我们家世代忠良，如果我承认了，就是对我一家的污辱，今后姜家还怎么做人？别说是一只眼睛，就是要了我的命，我也要把清白留在人间。"姜王后刚说完，就被侍卫挖掉了一只眼睛。姜王后疼得昏了过去。

妲己见王后还不承认，咬牙切齿地说："不用酷刑，她是不会承认的。来呀，用烧红的铜板烫她的手指。十指连心，不怕她不承认。"

姜王后宁死不屈，双手被烫得血肉模糊，惨不忍睹，又昏死了过去。

姜王后的两个儿子——太子殷郊和二儿子殷洪，听说母亲遭受了酷刑，大叫一声，闯进牢房。太子看见母亲浑身是血，两只手像焦炭一样，放声大哭。姜王后听到儿子的哭声，睁开一只眼睛，用颤抖的声音说："这都是妲己害的啊！你们要为我报仇雪恨啊！"说完咽下了最后一口气。

两殿下逃难

太子殷郊见母亲死了，拔出宝剑，边跑边叫："我要杀了妲己，为母亲报仇！"

纣王听说两个儿子提着宝剑杀过来，不由大怒："两个逆子竟敢胡作非为，这还了得？留着也是祸害。"他命令道："用龙凤剑将这两个逆子杀了，以正国法。"于是，晁田、晁雷领剑出宫，奔太子而去。

两位殿下的年纪还小——殷郊十四岁，殷洪才十二岁，刚才因为目睹母亲的惨死才一时冲动，等冷静下来，才想到凭他们俩不仅杀不了仇人，反而会遭杀身之祸。怎么办呢？他们想到正直的武成王黄飞虎，知道他和大臣们都在大殿等待消息，就飞奔而去。

殷郊一见黄飞虎就大叫："黄将军快救救我们兄弟俩！"说完放声大哭，一五一十地把事情的经过说了一遍。

黄飞虎刚要说话，就听到有人大声叫道："天下大乱了！先是造炮烙残害忠良，现在害王后杀太子。这样的大王我们还效忠他干什么？不如我们反了吧！"

众人一看，原来是镇殿大将军方弼、方相兄弟二人。这二人力大无比，一人背起一位殿下直奔朝歌南门而去。

纣王听说方弼、方相造反了，不由大怒，命令黄飞虎前去捉拿。

黄飞虎没有办法，只好骑上五色神牛，追赶方弼、方相和二位殿下。五色神牛日行八百里,一天就追到了。

太子一看就明白了,肯定是父亲派黄飞虎来捉拿自己的,就说:"王命不可违,我们也不为难黄将军。不过看在我们含冤受屈的分上,恳求将军杀了我回去复命,放走我的弟弟吧。"

殷洪急了,哭着说:"黄将军,不能杀我哥哥,他可是太子啊!要杀就杀我吧!"

殷郊不依:"不,你还小,杀我吧!"

殷洪争着说:"不,还是杀我吧!"

黄飞虎看着这兄弟俩既佩服又心痛,含着泪说:"别争了,我谁也不杀。"然后对方氏兄弟说:"方弼、方相,你们保护太子和殿下去投奔东伯侯姜桓楚和南伯侯鄂崇禹。我这儿有块玉,你们拿去作路费。快走吧。"

方弼、方相保护二位殿下一路逃命。方弼说:"我们四个人在一起开销太大、目标也大。不如我们分开,各自去找援兵,怎么样?"

殷郊说:"既然这样,我们就分手吧。"

兄弟二人抱头痛哭,难舍难分。

黄飞虎回到朝歌复命,向纣王推说没追到两位殿下。纣王哪能轻易放过他们,又派殷破败、雷开二将点三千人马去捉拿他们。黄飞虎利用权力,发了三千老弱病残的士兵给殷破败、雷开。二人没有办法,只好分两路追赶。

殷洪一边哭,一边走。他年纪小,又是在宫中长大,怎么吃得了这种苦?一路上又饥又累,眼见前不着村后不着店的,也没有地方歇脚,心想:这下完了。心里十分沮丧。殷洪走着走着,忽然看见一座古庙,就进去休息。他一路走过来,疲倦极了,倒下就睡着了。

再说殷郊也是日夜兼程，受尽了罪。傍晚时，他实在走不动了，忽然看见前面有一个大宅院，上面写着"太师府"三个字。殷郊想：这家可能是做官的，可以借宿一晚。于是他便去敲门，问："里面有人吗？"

门开了，太子一看，大喜过望，原来是老丞相商容。太子哭着就把经过向商容说了一遍。商容很伤心，说："怎么会是这个样子？虎毒还不食子啊。太子，不要担心，我就算拼了这条老命，也要保护你。"二人正说着，殷破败进来了。

原来殷破败看到"太师府"三个字，知道是丞相商容的府上。殷破败是商容的学生，所以推门就进来了。一看到太子，殷破败高兴极了，就说："太子、老丞相，学生奉大王的旨意，来请太子回宫。"

商容一看，没办法了，只好说："殷将军来得正好，你先保护太子回宫，我随后就到。"

殷郊心里直叫苦。但他想：我被抓了，但弟弟跑掉了，日后还有申冤报仇的机会。可他到营中一看，呆住了，弟弟殷洪正坐在那儿呢。

原来雷开领着士兵追赶，人困马乏，差点从马上掉下来，就想找个地方休息休息。这时看到一座庙，就进去了。只见一人正在熟睡。雷开上前一看，正是殿下殷洪。雷开笑着说："真是踏破铁鞋无觅处，得来全不费工夫。"于是殷洪被逮个正着。

殷郊又见到殷洪，心如刀绞，上前一把抱住殷洪，放声大哭。就这样兄弟二人又被押回了朝歌。

妲己听说两位殿下被抓了回来，高兴极了，命令将二人立即斩首。

两位殿下危在旦夕。

说来也巧，太华山云霄洞赤精子、九仙山桃源洞广成子两位神仙闲来无事，云游四方。他们踏着祥云路过朝歌时，一看下面绑着两个人，就大发慈悲，一人救了一个。只见凭空忽然刮起一阵狂风，瞬时飞沙走石、天昏地暗，二位殿下一眨眼工夫就不见了。

迫害忠良

老臣商容听说大风刮走了两位殿下，便入朝冒死进谏。纣王看到商容也没有给好脸色，故意问道："你不是已经告老还乡了吗？怎么又来了？"

商容说："我听说近来大王听信谗言，造炮烙、杀姜王后、逼走了两位殿下，简直没有了做大王的样子。臣今日即使死于万刃之下，也要进谏，恳请大王能以道治国、以德治民。"

纣王虽很不高兴，但还是让人接过奏折，打开一看，全是骂他昏庸无道的话，还说罪魁为妲己，应该让妲己自尽。纣王不看则已，一看暴跳如雷。他把奏折狠狠地甩在地上，恨不得踩上几脚。纣王喝令侍卫捉拿商容："把这个老东西拖下去，用金瓜击顶。"

商容站起来大叫："我是三朝大臣，我看谁敢动我。"又转过来指着纣王大骂，"无耻昏君，好端端的江山就要被你这个昏君给断送了。"

纣王拍案大叫："快把他拿下！"

商容躲过抓他的侍卫，一头撞死在盘龙石柱上。可怜这位七十五岁的三朝重臣，就这样惨死了。

百官见商容撞死，面面相觑。纣王的气还没有撒完，命令左右将商容抛尸城外，不许掩埋。

上大夫赵启怒不可遏，挺身而出，指着纣王痛骂："你这个大昏君！信奸臣、宠妲己、杀首相。害死王后，追杀太子，逼死大臣，贪酒好色，三纲五常、人伦道德，全被你败坏光了！你真是枉为人君！"

纣王暴跳如雷，喝令："把这侮骂君王的逆贼拿去炮烙！"

赵启大叫："我死会流芳百世，而你，要遗臭万年！"

士兵将炮烙烧红，可怜又一个忠臣就这样枉死了。

纣王回宫，忧心忡忡地对妲己说："商容撞死，赵启炮烙，这般酷刑百官还不怕，得再想新办法惩治他们。另外，如果东伯侯姜桓楚知道女儿惨死、外孙失踪，肯定会领兵造反，杀进朝歌的。这如何是好？"

妲己说："臣妾乃一介女子，没什么主见。朝中大事大王或许可以召费仲前来商议。他有奇谋，可助大王安定天下。"

纣王召来费仲，说出担心的事。费仲这个家伙做坏事可在行了，他眼珠一转，就对纣王说："这事好办，只要大王暗中传四道圣旨，把四镇大诸侯骗进都城，找个借口把他们杀掉，斩草除根。那八百镇的小诸侯也就群龙无首，不敢造反了，天下就会太平。大王认为这个主意怎么样？"

纣王听了非常高兴，说："爱卿真是人才啊！没有辜负苏娘娘的推荐。"纣王于是暗中发了四道圣旨，借平定北方叛乱的名义，召集四大诸侯到朝中共商大事，并命令使官将圣旨以最快速度送到姜桓楚、鄂崇禹、姬昌、崇侯虎四大诸侯那儿。

送往西岐的那个使官不敢懈怠，快马加鞭，一路风尘仆仆，没几天就到了西岐的都城。使官只见这里民丰物阜、市井安然，来往行人互相谦让，暗叹："都说西伯仁德，果然治民有方。"当晚他在馆驿歇下，次日前去宣读圣旨。

西伯侯姬昌领着文武官员跪接了圣旨，设宴款待使官。次日又打点金银锦帛，送使官回朝。

姬昌回到端明殿，叫来上大夫散宜生说："大王召我回朝，我走后，内事托于你，外事托于南宫适、辛甲。"又叫来儿子伯邑考，吩咐道："天子宣召，我起了一卦，算出此去凶多吉少，有七年大难。你在西岐，必须安守国法，不可更改国政，要做到弟兄和睦、君臣相安、爱护百姓、惜老怜贫。为父七年灾满，不要派人来接。切记切记。"

伯邑考说："父亲有难，孩儿愿意代替父亲前去。"

姬昌说："是福不是祸，是祸躲不过。你不许多事。"

姬昌回到后宫，向母亲太妊告辞。太妊说："儿子，为娘为你推算了天数，你此去有七年的灾难啊。"

姬昌说："孩儿也算出了。只是大王宣召不能不去。内外大事都已经安排妥当了，我明日就动身。"太妊又千叮万嘱，姬昌一一记下，然后去向元妃太姒告辞。

姬昌有二十四个妃子，生了九十九个儿子，伯邑考是长子；次子是姬发，就是后来的武王。

姬昌打点停当，第二天就率领了五十名随从上路，行色匆匆，前往朝歌。

刚走不久，只见上大夫散宜生，大将军南宫适，毛公遂、周公旦、召公奭等四贤八俊以及各位官员，与世子伯邑考、姬发等带领军民百姓，已在十里长亭等候多时。百官与世子向姬昌敬酒饯别。

姬昌说：“今日与大家一别，七年之后，咱们君臣又能再会了。”他又用手拍了拍伯邑考，说：“孩子，只要你们兄弟和睦，我就什么都不担心了。”喝完几盏送别酒，姬昌上马，父子君臣，洒泪挥别。

姬昌收雷震子

西伯侯姬昌带着随从继续前行。一日，来到了燕山。他突然对手下说："快去看看前面有没有什么村舍或者茂密的树林可以避避雨，大雨马上就要来了！"

随从们谁也不信，开始议论："朗朗晴天，烈日炎炎，一朵云一丝风都没有，哪里有什么雨……"话还没说完，只见乌云密布，雨说来就来。

姬昌骑着马，刚刚躲进一片密林，就见漫天乌云涌起，大雨席卷而下，霎时间，把天地变成雾茫茫的一片。接着狂风骤起，空气变得冰冷。雨水滋润了花草树木，花枝上挂满晶莹如玉的水珠；雨水浇灌了田地庄稼，青草尖上像珍珠一样的雨滴滚来滚去。不一会儿，高山上仿佛翻起了千重万重的浪花，低洼沟壑处汇集出一条条清澈的小溪流。真是一场好雨，就像天河往下倾倒。这场倾盆大雨下了足足有半个时辰。

姬昌突然又吩咐众人："大家小心点，要打雷了！"

有了上次的经历，大家这回不由得不信，互相招呼："侯爷吩咐，要打雷了，大家小心点！"

话音未落，忽然之间霹雳交加，震得地动山摇。众人大惊失色，都挤在一起，捂紧耳朵。

不一会儿，云开日出，众人都从林子里走了出来。姬昌骑在马上，感叹说："雷过生光，将星出现。快去给我把将星找出来！"

众人不解，暗自嘀咕："将星是谁？要到哪里去寻找？"但众人不敢不遵命。等找到一座古墓旁时，听到有婴儿的啼哭声。大家上前一看，果然有个孩子。

众人商议："这古墓有些古怪，怎么有个孩子？难不成真是将星？咱们把这个孩子抱过去给侯爷看看，如何？"随即抱起孩子，回去交给姬昌。

姬昌打眼一看，只见这孩子面如桃蕊、眼有光华，大喜，心想：我命中有百子，现如今已经有九十九个儿子了，得到这个孩子，正是百子之兆，真是一件美事。就命令左右随从："将这个孩子送往前村寄养，等我七年后回来时再带回西岐。这个孩子将来必定福分不浅。"

众人向前又走了一二十里地，突然被一名道士拦住去路。只见他风姿清秀，相貌稀奇，宽袍大袖，俨然一副仙风道骨、飘然出世的模样。道士上前对姬昌行礼，道："君侯，贫道有礼了。"

姬昌慌忙下马答礼："不才姬昌失礼了。不知道长来自哪座名山？在哪个洞府修行？找姬昌所为何事？"

道长回答道："贫道是终南山玉柱洞的炼气士云中子。刚才雨过雷鸣，将星出现，贫道不远千里而来，是为了寻访将星。今天见到君侯，贫道非常荣幸。"

姬昌闻言，就让手下人抱过孩子，递与道士看。

云中子接过孩子，对着孩子说："将星，你这时候才出现！"又对姬昌说："贤侯，贫道今天想将这孩子带上终南山，收为徒弟，等贤侯从朝歌回来,再还给贤侯。不知贤侯意下如何?"

姬昌说:"道长带去倒是可以,只是日后相会,以什么名字称呼这个孩子?"

云中子说:"将星乃是雨后雷鸣现身,以后相会时就以'雷震子'为名吧。"说完,他便抱着雷震子驾云往终南山而去了。

第二章 上天入海小哪吒

哪吒出世

商朝时，陈塘关是个重要关隘，此地驻守了很多士兵。负责陈塘关军事事务的总兵叫李靖。李靖从小就对道教感兴趣，喜欢访道修真，后来拜昆仑度厄真人为师，研习五行遁术。他很努力，但怎么也修不成真仙，便被度厄真人打发下山，辅佐纣王，官居总兵，享受人间荣华富贵。

李靖的妻子叫殷氏，她生了两个儿子，长子金吒、次子木吒。殷夫人后来又怀孕了，但奇怪的是，怀了三年零六个月，孩子还没生出来。殷氏很纳闷，丈夫李靖也是又担心又怀疑。他看着夫人高高隆起的肚子，指着她的肚皮说："这个小家伙，怀了三年多时间了还不出生，只怕有问题。我看他不是妖就是怪。"

有一天深夜，夫人殷氏睡得正香，梦见一个道士穿着道袍、头挽双髻进入房内。殷夫人骂道："你这个道士怎么一点也不懂规矩？这里是内室，你怎么可以这样私自闯入，太可恶了！"道士微微一笑道："夫人，不要着急，准备好迎接麒麟一般的孩子吧。"殷夫人还没有反应过来，道士便往前一步，将一个东西一把送进夫人的怀里，就消失得无影无踪了。

殷夫人猛然一个激灵，就醒来了。她被吓出一身冷汗，连忙叫醒旁边的李靖，说起刚才的梦境。可她话还没说完，肚子就开始剧痛起来。李靖急忙起来，坐到前厅等着。侍女在内室忙碌着，过了一会儿跑出来大叫："老爷！老爷！不得了啦，夫人生了……生了一个圆圆的妖精！"

李靖大叫一声："果然被我猜中！"他手持宝剑冲进内室，只见房里一团红气、满屋异香，地上有一个肉球，正滴溜溜转来转去。李靖大惊失色，顾不了许多，朝着肉球一剑砍去。肉球被豁开了，从里面跳出来一个小孩。只见这个孩子白白胖胖，右手套着一个金镯，金光闪耀，肚上围着一块红绫，全身发着红光。

李靖哪里知道，这小孩其实是元始天尊座下的灵珠子化身、姜子牙的先行官；他手上戴的金镯叫乾坤圈，红绫叫混天绫，都是乾元山金光洞的宝贝。

李靖见肉球里跳出一个小孩，满地乱跑，很是活泼，惊呼道："这小妖怪……小妖精……小鬼……小东西！还别说，还真挺可爱！"欢喜之余，李靖上前一把抱过这个孩子，低头仔细看了看，活泼泼的，分明是个好孩子。他便一脸欢喜地递给夫人看。殷夫人更是脸贴着孩子的小脸，高兴得不得了。

第二天，李靖的下属得知总兵的夫人生了孩子，纷纷前来贺喜。李靖刚招待完宾客，中军官上前禀告说门外有一位道士求见。李靖对道教素有好感，自己也研习多年，一听来了个道士，马上让人把道士请进来。这道士径直走进大厅，对着李靖行礼。李靖回礼，请道士上座。道士也不谦让，就坐下了。

李靖问："请问尊道来自哪座名山、什么洞府？今天来有什么指教？"

道士答："指教不敢当。贫道是乾元山金光洞的太乙真人，听说将军刚生个公子，特来贺喜！把令公子给我看看，不知可不可以？"

李靖叫内室的丫鬟把孩子抱出来。太乙真人把孩子接在手里端详，问："这孩子起名字了吗？"

李靖说："才刚出生，不曾起名。"

道士接着说："如此甚好。那贫道就给他起个名字吧。你让他跟着我做徒弟，怎么样？"

李靖见道士仙风道骨，气度不凡，定是高人，于是应允。

道士又问："将军有几位公子？"

李靖说自己有三个儿子，长子金吒，拜了五龙山云霄洞文殊广法天尊为师；次子木吒，拜了九宫山白鹤洞普贤真人为师。

太乙真人点点头："这个孩子排行第三，就叫'哪吒'吧。怎么样？"

李靖点头答谢。

哪吒闹海

不知不觉七年过去了，哪吒也已经七岁了。这天，时值夏日，天气酷热，哪吒心里烦躁，跟殷夫人闹着要去关外玩儿。殷夫人让家将陪着哪吒一起去。一名家将便跟着哪吒出了关。走了一里路，哪吒热得汗流满面，抬头正好看到前面有一大片水域，绿水滔滔、清波滚滚。哪吒叫道："今天天太热了，我去那里洗个澡。"说罢便脱了衣服，跳进水里，把七尺混天绫放在水里当搓澡巾。哪吒不知道的是，这河是九湾河，就在东海海口上。哪吒把混天绫放在河里，把水都映红了，摆一摆混天绫江河晃动，摇一摇混天绫海洋震撼。哪吒在这头洗得欢快，那头海底龙王住的水晶宫，却摇摇晃晃起来。

东海龙王敖光正在水晶宫里闲坐，见宫殿突然晃动，被吓得不轻，直叫唤："也没有地震，怎么宫殿晃成这样！"便派巡海夜叉李艮去看看怎么回事。

夜叉来到九湾河一看，一个小孩拿着红绫，正玩水玩得不亦乐乎。

夜叉分开河水，升出水面大叫："你这小孩作什么妖，把我们东海龙宫搅得天翻地覆？"

哪吒回头一看，见水面上半浮半沉着一个怪物，红发蓝脸、巨口獠牙，手拿着大斧。他便好奇地问："你这个畜生，是个什么东西？

怎么也会说人话？"

夜叉大怒："爷爷我是东海著名的巡海夜叉，你竟敢骂我是畜生！"说着一斧头往哪吒头顶劈来。哪吒跳起闪过，举起右手的乾坤圈，朝夜叉头上就是一下。夜叉当场毙了命。哪吒抱怨夜叉把乾坤圈和水都弄脏了，便跳到岸上，坐在水边洗乾坤圈。

这下，水晶宫晃得更厉害了。龙王敖光纳闷："怎么晃得更厉害了？夜叉怎么还没回来？"

他正纳闷间，一个士兵来报：夜叉被一个小孩打死了！

龙王大惊失色："这夜叉李艮是玉帝钦点的大将，谁敢打死他？！真是岂有此理！我要亲自去看看！"

这边龙王三太子敖丙从旁边闪出，劝阻道："此事不劳父王大驾，由我去就行了。"三太子调龙兵遣虾将，骑上避水兽，提着画戟，出了水晶宫，分开水势，向水面而去。只见浪头如大山般耸起，又倾倒下来，波涛横生，平地水涨三尺。

哪吒拍手欢呼："好大的浪，好大的浪啊！"

接着只见浪尖上出现一头吓人的怪兽。怪兽上坐着一个人，全身披挂，挺着画戟，大叫："是什么人敢打死我家夜叉？受死吧！"

哪吒回答正是自己干的。

敖丙有些奇怪，一个小破孩，竟敢夸如此海口，一声大喝："你是谁家的孩子，竟如此不知天高地厚？"

哪吒道："敢作敢当，小爷我乃陈塘关总兵李靖的三儿子哪吒。我父亲镇守这里，是这一片区域的总管。我在我父亲的地盘上避暑洗澡，跟那夜叉有什么关系？他来骂我，打死活该。"

三太子敖丙怒骂："你这小子，不知好歹！夜叉李艮是玉帝派下来的，你竟打死，还敢胡说八道！"说完低下画戟，迎面刺来。

哪吒手无寸铁，无法抵挡，把头一低，避开画戟，大声说："等等，你是什么人？我不杀无名之辈！"

敖丙气得哇哇大叫："我是东海龙王三太子敖丙！"

哪吒大笑："哦，原来你是龙王的儿子啊。你再动刀动枪，把我惹急了，小心我把那条老泥鳅抓上来，剥了他的皮。"

三太子哪受得了这样的气啊，又一戟刺来。哪吒一看对方来势汹汹，赶快把混天绫朝空中一展。那混天绫如火云一般，往下一裹，把三太子缠下避水兽，抛到了岸上。哪吒跳上岸，一脚踏住敖丙，当头就是一乾坤圈，把三太子打出原身——只见一条龙僵直地挺在地上。

哪吒惊呼："哎呀，没想到把这小龙的本相打出来了。也好，抽它的筋，做根龙筋绦，给父亲系战甲。"当下把三太子的筋抽了，带回关里。

一旁的家将哪里见过这样的场面，吓得目瞪口呆、骨软筋酥，梦游一般跟着回到关里。

那边敖光听虾兵蟹将汇报，陈塘关李靖的三儿子哪吒把儿子敖丙打死了，还扒皮抽筋，顿时号啕大哭，大怒道："我的儿子是兴云布雨、滋生万物的正神，怎么说打死就打死了！李靖你曾在西昆仑学道，和我也有一拜之交，怎么放纵自己的儿子作恶，把我儿子打死，还不得全尸？你必须给我一个交代……"

说完，敖光化作一个秀士，怒气冲冲地赶往陈塘关。

南天门痛打老龙王

李靖正坐在后堂休息，军政官进来禀告："老爷，外面有个叫敖光的人拜访，自称是老爷故人。"

李靖忙出来迎接。敖光来到大厅，也不行礼，气狠狠地坐下。李靖见敖光一脸怒色，正不知发生了什么事。这时敖光开口了："李靖啊，你生的好儿子，闯了大祸了。"

李靖抱拳道："兄长好，你说我哪个儿子？说起来小弟有三个儿子，长子金吒，在五龙山学艺；次子木吒，在九宫山学艺；小儿子哪吒，很小，还在家里待着呢。我不知道老兄说的是我哪个儿子？闯了什么祸？"

敖光鼻子一哼："你的小儿子哪吒。"

李靖有些奇怪，接着问："我的小儿子哪吒闯了什么祸？他只有七岁啊！"

敖光拍案而起："什么？七岁？不可能。你那个该死的小儿子哪吒在河里洗澡，不知用了什么妖术，把我的水晶宫晃得地动山摇，让人不得安生。我派夜叉去察看，他打死夜叉；我派三太子去察看，他又打死了三太子，还抽了他的筋！"

李靖大笑道："兄长啊，你肯定是搞错了，这绝对不可能。一个七岁的孩子怎么会打死人呢？"

见敖光还是不依不饶,李靖说:"兄长不要着急,我们在这里争论,也争不出个子丑寅卯来。我把他叫出来,你看一看这个孩子,我们也都问一问,这样不就明确了?"

李靖快步到后堂来找哪吒,没有找到。又问夫人,夫人只说哪吒在后花园。李靖来到后花园,边走边喊哪吒,一直走到了海棠轩。哪吒正在里面玩龙筋,玩到高兴处,连父亲的呼喊也没有听见。李靖走到哪吒近前询问,不问不知道,一问吓一跳。

哪吒答道:"今天我在家里感觉太闷了,没什么意思,就出门散散心,顺便到河里洗了个澡。我洗澡的时候,没招谁、也没惹谁,谁知道突然跳出来个粗鲁的夜叉,大骂我,还拿着一把大斧头砍我。我当然要反击了。没想到这个夜叉这么不经打,被我一圈打死了。过了一会儿,又来个人,号称什么三太子,是条龙,也很粗鲁,拿着兵器要刺我。也是个不经打的家伙,又被我一圈打死了。我想龙筋是贵重的东西,韧性很足,就抽了它的筋想给父亲用。"

李靖惊得目瞪口呆,好半天才缓过神来:"你这冤孽,你惹了大祸了!你知道吗?现在三太子的父亲,也是我的结拜弟兄龙王来问罪了。你快出去见你伯父,自己和他请罪。"

哪吒有些不情愿地跟随父亲来到大厅,上前行礼道:"伯父,侄儿不知那个三太子是您的儿子,一时犯错,望伯父恕罪。筋在这儿,还给您!"

敖光见到龙筋,顿时又悲又怒,对李靖说:"好你个李靖!现在不用争论了,你生的好儿子现在亲口承认杀了我的三太子,还抽了筋。我的儿子是正神,夜叉李艮也是天庭指派的重臣,都被你儿子打死了,这事没完!明天我就上灵霄殿告你们!"说完,拂袖而去。

李靖知道不好收场了，无计可施，放声大哭起来。殷夫人听到哭声，赶到前厅。李靖对殷夫人说："这个孽障儿子，打死龙王三太子，还剥皮抽筋。龙王大怒，看来我们都活不了了，过不了几天就要被满门抄斩了！"殷夫人听了，也哭了起来。

哪吒看见父母哭得十分伤心，心里不安，便对父母说："双亲在上，我虽是你们所生，但我不是肉体凡胎。我是乾元山金光洞太乙真人的弟子，这红绫，还有这个乾坤圈，也不是凡物，都是师父赐给我的宝贝，那夜叉龙蛇哪里打得过我。我现在就去乾元山，问我师父这事怎么收场。我决不会连累你们二人。"

说完，不等父母反应过来，哪吒就出了府门。只见他从地上随意抓了一把土，朝空中一撒，人顿时不见了。

哪吒便用土遁瞬间来到金光洞口。金霞童子看到哪吒，立即去禀告师父太乙真人。师徒见面后，太乙真人问哪吒："你不在家里好好待着，来这里有什么事？"

哪吒也不隐瞒，原原本本地把打死龙王三太子并抽筋的事告诉了师父，并恳请师父帮忙，主要是不能连累父母。

太乙真人沉思了一会儿，没有说话，只是让哪吒走到自己跟前，让哪吒解开衣袍。哪吒正在纳闷，太乙真人举起手，伸出手指，拿手指当笔，迅速地在哪吒胸口处画了一道隐身符，并吩咐道："你先到宝德门去，我自有安排。之后你回到陈塘关告诉你父母，这事还有师父在，不会连累他们二人。"

哪吒听后一身轻松，离开了乾元山，去往宝德门。

这个宝德门，可不是凡间，而是天庭重地。哪吒是第一次来到天庭，不禁感叹："这天上的景象果然和凡间不一样啊！"只见金光万道瑞气千条，彩虹当空紫雾腾腾。南天门碧沉沉，琉璃造就；明晃晃，宝鼎妆成。两旁四根大柱子，柱子上缠绕着一条条长着金色鳞片闪着光的红胡子龙；正中间两座长桥，桥上盘旋着长着彩色羽毛凌空飞舞的红凤凰。

哪吒没有流连忘返，很快到了宝德门。没想到天宫各座门都还没开，原来是自己来早了。哪吒就在聚仙门下等待大门开启。不一会儿，龙王敖光穿着朝服急匆匆来了，边走边自言自语："来早了，来早了，黄巾力士还没来，就在这里等等吧。等下一定叫玉帝好好收拾李靖父子！"

哪吒施了隐身符，敖光看不见哪吒，但哪吒却把敖光看得一清二楚。听了敖光的自言自语，哪吒顿时大怒，解除了隐身，撒开大步赶上去，抡起手中的乾坤圈，朝着敖光后背打过去。敖光被打得一个嘴啃泥，跌倒在地。哪吒赶上去，一脚踏住敖光的后背。

敖光扭头一看，认出是哪吒，顿时羞怒交加，大骂道："你个小儿，竟敢在宝德门外打我这个兴云布雨的正神！一会儿报告玉帝，让你罪加一等。"

哪吒被敖光骂得火冒三丈，恨不得一圈打死他，无奈想起太乙真人嘱咐过自己不得妄动，只得按住他，叫道："我不说，你也不知我是谁。我不是别人，正是乾元山金光洞太乙真人的弟子灵珠子。我在河里洗澡，是你家人没有礼貌先骂我打我，我才打死了他们。"

敖光听完哪吒的身世，依然骂骂咧咧。哪吒的火气又起来了，提起拳，噼里啪啦，一口气打了敖光几十拳，打得敖光嗷嗷直叫。哪吒还不解气，一把将敖光的朝服扯去了半边，露出左胁下的鳞甲。他上手连抓几把，抠下四五十片鳞甲，顿时敖光左胁下鲜血淋漓。

常言道：龙怕揭鳞，虎怕抽筋。敖光被揭了鳞，痛得大呼小叫，只得求饶。

哪吒说："饶你可以，但你不许再去玉帝那里告我，连累我的父母！还有，你要跟我去陈塘关。"

敖光还想挣扎，不想又被哪吒在胁下挠了一把。敖光疼得几乎要晕过去了，只能满口应承跟哪吒去陈塘关。

哪吒又说："我听说龙的身体变化无穷，大时，可以撑天柱地；小时，可以小如芥子。你能这样变化，我怕你变卦，偷偷跑了。这样吧，你变成一条小蛇，我带你去陈塘关。我喜欢青蛇，你就变成一条小青蛇吧。"

敖光被打服了，一点办法都没有，只能按照哪吒说的，变成一条小青蛇。哪吒抓起敖光变成的小青蛇，放在袖里，很快到了陈塘关。

哪吒一进府，就见父亲紧锁眉头，母亲也是满脸愁容，忙上前请罪。

李靖问："你去哪里了？是去找你师父了吗？"

哪吒答道："是，我见了师父；还去了趟南天门，请伯父回来，劝他不要去玉帝那里告状。"

李靖不相信哪吒说的话，大喝一声："你撒谎！"

哪吒说："父亲大人请您不要生气，您看看，我有伯父敖光替我做证。"说着从袖中抽出小青蛇，往外一丢。顿时，小青蛇化作一阵清风，落地时变成人形。李靖定睛一看，这不是别人，正是结拜兄弟龙王敖光。他忙问："兄长，这到底是怎么回事？"

敖光给李靖大倒苦水，把在南天门遭遇哪吒的事和盘托出，控诉哪吒如何打他，如何把他踩在脚下，如何乱拳挥舞，如何又揭他的鳞甲。气愤之时，他还翻开衣袍，亮出被揭鳞甲处的伤痕给李靖看，说："你看看，这就是你生的好儿子干的事！我咽不下这口气，我要约上其他龙王，一起到灵霄殿告你这个不得好死的儿子，也告你这个教子无方的父亲。"

说罢，敖光乂化作一阵清风走了。

李靖一听更加急了，大呼："完了，这事越来越棘手了！"

哪吒劝慰父亲："父亲母亲，您二位放心，我已经去找过师父了。师父说，有他在，就不会连累你们。另外还说，我不是私自投胎到陈塘关李总兵家的，是奉了玉虚宫的符命，下凡来保世上的明君的。别说现在只打了一个敖光，就算把四海龙王都打了，也没事。就算真的出了什么大事，师父是我的坚强后盾。所以父亲母亲请不用担心。"

早年的李靖，毕竟也是学过道、修过行的人，他听了哪吒的话，马上明白了其中一定有他所不知道的玄妙；又见哪吒是个乳臭未干的孩子，小小年纪，也没见他学过什么本事，竟然还能上南天门，在南天门下打龙王，便稍稍缓和了一下态度。

殷夫人不忍心哪吒再受责备，见李靖稍稍平静下来了，便让哪吒先去歇息。

太乙真人收石矶

这天哪吒在城楼上玩,只见天上一轮白日,照得地上火热难耐。正好看到旁边兵器架上放着一张弓,又放着三支箭,哪吒就拿起来玩。他把弓箭拿在手里,随便射出了一支箭。没想到这支箭,"嗖"的一声飞出很远,飞出去时还红光缭绕、瑞彩盘旋。

哪吒看呆了。他不知道这弓箭是镇守陈塘关的宝物,叫乾坤弓、震天箭,轩辕黄帝大破蚩尤时就用过这个宝物。宝物辗转数年,留传至今,到了陈塘关李靖的手里。哪吒听父亲提起过,此宝物沉重无比,没人能拿得起来。今天第一次见,没想到轻松把玩,所谓宝物不过如此嘛。

哪吒射出的这一箭,正好射到骷髅山那儿。这骷髅山上有一个白骨洞,白骨洞里有一个石矶娘娘,石矶娘娘有一个门人叫碧云童子。当时,碧云童子手挽花篮正在山崖下采药,那一箭飞来正中喉头,丢了性命。同行的彩云童子急忙跑去报告石矶娘娘:"师父,不好了!师兄被箭射死了!"

石矶娘娘来到崖下一看,碧云童子果然死在地上,喉头上插着一支箭。细看,翎花下写着"镇陈塘关总兵李靖"字样。石矶娘娘也认得这箭是震天箭,大怒,誓要把李靖抓来问罪。

石矶娘娘乘着青鸾,破空飞行,一会儿就到了陈塘关。石矶娘娘隔空喊话，让李靖滚出来。李靖急忙出来察看，认出是石矶娘娘，倒身下拜。可他还没有来得及说话，就被石矶娘娘的随从黄巾力士抓去，直到白骨洞才放下。

黄巾力士把李靖押到石矶娘娘面前跪下。石矶娘娘端坐于蒲团之上，斥问李靖："李靖，你修仙不成，在人间享福也挺好。今天怎么起了坏心，射死我徒弟碧云童子？"

李靖当然不知道怎么回事。他正想争辩，石矶娘娘命令彩云童子把箭拿上来。李靖一看，正是自家的震天箭啊。他大惊道："还真的是我家的震天箭！这箭放在那里多时了，也没有人拿得动，今天怎么突然跑到了娘娘这里，真是奇怪。不过娘娘请放心，等我回到陈塘关，一定查明是谁射的箭。"

石矶娘娘说："既然这样，那你回去吧。你要是查不出来，我不仅要找你算账，还要找你师父兴师问罪！"

李靖拿着箭，借土遁回关里，进了帅府。殷夫人见李靖凭空被抓去，不知道什么事，正在惊慌；又见他拿着一支箭回来了，连忙问是怎么回事。李靖连连跺脚："真是倒霉，我当了二十五年官，一直顺风顺水！这段时间是怎么了，这么霉气！城楼上放着乾坤弓、震天箭，不知道是谁射了一箭，把石矶娘娘的一个弟子射死了。石矶娘娘要把我抓去抵命，好说歹说才把我放回来，要查出来到底是谁射的，不然她还要来抓我。不过奇怪的是，这弓箭别人也拿不动，这么多年放在那儿好好的，难道……又是哪吒？"

李靖马上派人把哪吒找来。一会儿，哪吒到了，一问，果然是。李靖大叫道："果然是你！逆子啊逆子，你又闯祸了知道吗？"殷夫人在一旁默默无语。哪吒也不知怎么回事，心想：不就射丢了一支箭吗？值得发这么大的火吗？我去把它找回来！

李靖把射死石矶娘娘弟子的事说了一遍。哪吒笑着说："父亲肯定是骗我，石矶娘娘住在哪里？箭能飞这么远吗？让我去和她对质，不能平白冤枉了我。"于是李靖父子两人土遁来到骷髅山。

石矶娘娘听李靖说是他的小儿子哪吒闯的祸，人正在洞外听候发落，便派彩云童子去拿哪吒进来。

哪吒见洞里有人出来，心想：肯定是来抓我的，打人不过先下手；这里是她的巢穴，更要先下手为好！于是拎起乾坤圈，朝着出来的彩云童子的脖弯那儿打了一下。彩云童子"啊呀"一声，便倒在地上，奄奄一息。石矶娘娘听到动静，急忙出洞，一看地上倒着彩云童子，已经快死了，大骂道："孽障！你居然还敢在这里行凶？"

哪吒见石矶娘娘头戴鱼尾金冠、身穿大红八卦衣、下着麻履丝绦、手拿着太阿剑，看样子不太好惹，决定先下手为强，抄起乾坤圈兜头打去，没想到却被石矶娘娘劈手夺下。哪吒大惊，急忙又用七尺混天绫来缠石矶娘娘。但石矶娘娘轻轻一拂袖，又将混天绫收入袖口。石矶娘娘认出这些都是太乙真人的宝物，冷笑一声说："哪吒，你师父还有什么宝贝尽管使出来，看看我们谁更厉害！"

哪吒没了法宝，顿时心里发慌，转身就跑。石矶娘娘在后紧追不舍。哪吒用尽法术，却怎么也摆脱不掉石矶娘娘，只得逃进了乾元山金光洞向太乙真人求救。太乙真人一听哪吒又惹了祸端，也没好气，让哪吒在洞里等着，自己先去帮他理论理论。

不一会儿，石矶娘娘到了。她柳眉倒竖，手提宝剑，直接兴师问罪："道兄，你的徒弟哪吒，依仗你教的道术，射死贫道的碧云童子，打伤了彩云童子，还拿着你的乾坤圈、混天绫想打我。我看到

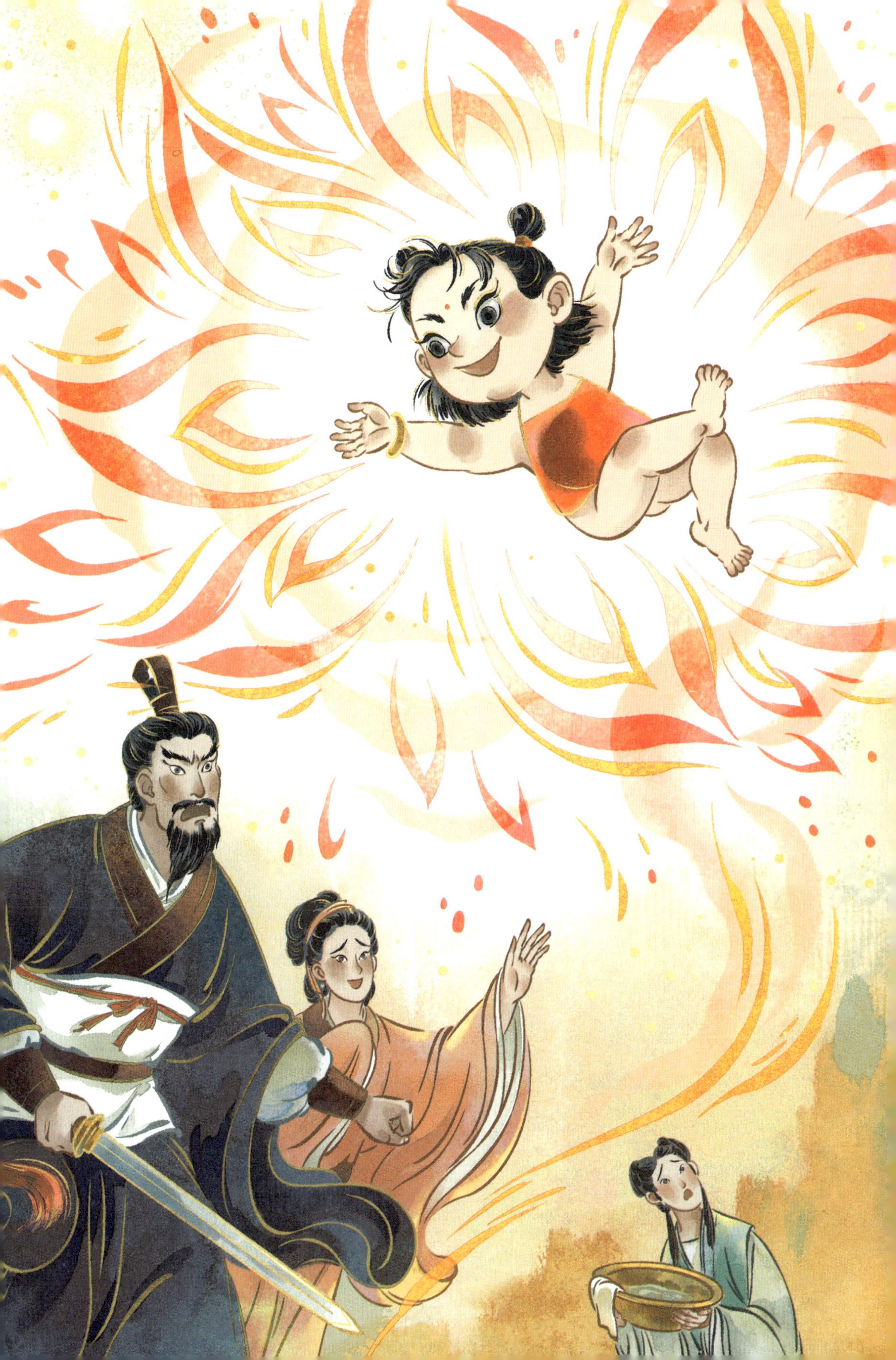

只见这个孩子白白胖胖，右手套着一个金镯，金光闪耀，肚上围着一块红绫，全身发着红光。

他逃到你这里来了。道兄今天把哪吒交给我就没事；如果道兄包庇他，这事就没完。"

太乙真人说："哪吒在我洞里呢。要他出来不难，你只需要到玉虚宫一趟，如果元始天尊同意了，我立马交人。"

石矶娘娘说："怪了，哪吒的事关元始天尊何干？你少拿你们教主压我。"

太乙真人说："如今殷商气数已尽，周朝应当兴起。当时阐教、截教、人道，三教签押封神榜，我们教门的老师玉虚宫元始天尊，叫我们这些门众降生出世、辅佐明君。哪吒就是灵珠子下世，以后要辅助姜子牙为反商大业出力的。希望你以大局为重，此事就不要再追究了吧。"

石矶娘娘觉得受到了侮辱，不肯罢休，举起宝剑，朝太乙真人劈面砍来。太乙真人躲开宝剑，向昆仑山方向一拜，道："弟子今天要开杀戒了。"说罢，掏出暗藏着的九龙神火罩，往空中一抛。石矶来不及逃，被罩在里面。

瞬间罩内腾腾焰起、烈烈火生，九条火龙盘绕。这是三昧神火在烧炼。只听一声雷响，把石矶娘娘的真形炼出，原来是一块顽石。这块石头生于天地玄黄之外，经过地水火风，炼成灵精。得道数千年，还没成正果。太乙真人收了九龙神火罩，又收了乾坤圈、混天绫。

哪吒躲在洞里偷偷观看，见师父把石矶娘娘罩住了，出来说："师父，你早把这个罩子传给我就好了，还费这么多力气。"

太乙真人喝斥道："顽童！你还不快快回去。眼下四海龙君奏准玉帝，去抓你父母了！"

哪吒一听父母有难，顿时放声大哭，向太乙真人求了应对的办法，连忙赶回陈塘关去了。

莲花重生

哪吒一到陈塘关,只见帅府门口聚集了很多人,吵吵闹闹的。原来四海龙王敖光、敖顺、敖明、敖吉都赶来了,要把李靖夫妇抓起来。

哪吒赶进去,叫道:"一人做事一人当。是我打死了三太子敖丙、夜叉李艮,我甘愿偿命,和我父母有什么关系!我不是普通的小孩,我前世是灵珠子,奉了玉虚宫元始天尊的符命降生人间。我不连累双亲,愿自行了断,你们觉得怎么样?如果不同意,我就和你们去灵霄殿见玉帝,我还有话说!"

敖光听了,说:"既然如此,我便答应你。"

哪吒当场提剑自刎,一命归西。

四海龙王放了李靖夫妇,去天上回旨了。

李靖夫妇看着死去的哪吒,哭得痛不欲生,拿棺材把哪吒的尸体装了,找个地方埋了。

哪吒的魂魄没地方去,飘飘荡荡,随风来到乾元山。金霞童子看见,进洞禀告太乙真人:"师父啊,师兄在外头的风里飘飘荡荡的,不知道在干什么。"

太乙真人听了忙出洞来,吩咐哪吒:"这里不是你待的地方。你回到陈塘关,托梦给你的母亲,叫她修一座哪吒行宫,就建在陈塘关西边四十里的翠屏山。你受上三年的人间香火，就能重回人间了。快去吧，迟了就耽误了。"

哪吒的魂魄又随风飞到陈塘关。这时已经三更，殷夫人正在沉睡，哪吒便托梦给自己的母亲。

殷夫人梦醒后大哭一场，把哪吒托梦让造行宫的事跟李靖说了。但李靖因哪吒之前三番五次闯祸，怒气未消，偏不肯信，认为只是殷夫人思儿心切，坚决不同意给哪吒建行宫。

哪吒第二天又来托梦，第三天也来，天天来。这样六七天过去了，殷夫人只要一闭眼就看见哪吒站在眼前，闹得她不得安生。于是，殷夫人只能偷偷派人去翠屏山造了行宫，塑了哪吒神像。哪吒从此就在翠屏山显圣，千请千灵、万请万应，四方居民都来进香。这样过了半年。

一次李靖操练三军回兵的时候经过翠屏山，在马上看到上山的香客像蚂蚁一样多，就问怎么回事。

军政官回答："半年前这里出现了个神道，很灵，附近的人都来这里进香。"

李靖再往下盘问，才知道这里的神仙名字叫哪吒。他纵马上山，路上行人连忙闪避。李靖直冲到庙前，只见庙门上高悬着一块匾额，上书"哪吒行宫"。李靖恨不得飞起一脚，把它踢落。进庙，只见哪吒的神像塑造得栩栩如生，左右站着鬼判。

李靖指着神像的鼻子骂："畜生！你生前扰害父母，死后还要愚弄人们！"说完提起六陈鞭，一鞭把哪吒金身打成碎块，又两脚蹬倒鬼判，传令放火烧庙。众人吓得连忙下山。

李靖回家后斥责殷夫人："你生的好儿子，害我还少吗？现在你竟然还替他造行宫迷惑良民。要是有人告到朝廷怎么办？你一定要断送我这条玉带才肯罢休是不是？这些事都是你这个女人闹出来的，今天我已经把庙烧掉了！"

哪吒的元神从外面回来，只见山上空荡荡的一片平坦，哪里还有行宫，烧得黑乎乎的，就剩下些断壁残垣，还有些地方在冒烟。

哪吒没办法，想了一会儿，决定还是去找师父，也许师父有办法。哪吒受了半年人间香火，已经有了些人形、人声了，一会儿来到乾元山。金霞童子引他去见太乙真人。

太乙真人问："你不在行宫好好接受香火、早日复生，来这里干什么？"

哪吒说："不是我不愿意好好在行宫待着，而是没办法了。我被李靖打碎泥身，烧毁行宫，现在弟子无依无靠，没地方去了，只能来找师父了。"

太乙真人听后沉思了一会儿说："你的骨肉已经没了，李靖就不是你的父亲了。他烧毁行宫、打破泥身，确实不像话。也罢，我想办法吧。"说完叫金霞童子去五莲池摘两朵莲花、三片荷叶。一会儿金霞童子摘来莲花、荷叶，放在地上。太乙真人把三片荷叶按上、中、下大概摆成人形，两朵莲花一朵放在头顶的位置，一朵放在胸口的位置，又把荷梗儿折成骨节。然后他把一粒金丹放在当中，法用先天，气运九转，捞着哪吒的魂魄，往莲花、荷叶里一堆，叫道："哪吒，你现在不成人样，更待何时！"

突然，只听得一声巨响，莲荷里站起一个人，身长一丈六尺，面如傅粉、唇似涂朱、眼似悬星——正是哪吒的莲花化身。

哪吒重获新身后，太乙真人带着哪吒来到桃园，把火尖枪传给了哪吒。不一会儿，哪吒就练得纯熟。太乙真人接着又把风火轮送给了哪吒，这既是武器，也是飞器。太乙真人又给了哪吒一副豹皮囊，里面放着乾坤圈、混天绫和一块金砖，另外又口授了灵符秘诀。

第三章 姬昌七年大难

羑里囚姬伯

姬昌别过云中子后，继续赶路。

这天姬昌终于来到朝歌，住进了金庭馆驿。东伯侯姜桓楚、南伯侯鄂崇禹、北伯侯崇侯虎已经先到了，正在饮酒。

姬昌来到后，三位诸侯，又添了一席，请姬昌一起饮酒。四人说着闲话，谁也不知天子为什么无故召回四大诸侯。

酒至半酣，鄂崇禹借酒遮脸，对北伯侯崇侯虎说："崇兄，我们四人是天下诸侯首领，理应做好表率。听说你坑死万民，不顾大臣体面剥民利己，勾结费仲、尤浑，又私受财物、中饱私囊、鱼肉乡里，百姓恨你入骨。望你从此能够改过，不要再肆意妄为了。"

崇侯虎气得七窍生烟，大叫："鄂崇禹，我和你是一样的大臣，你怎么敢当面污辱我？"站起来就要去打鄂崇禹。

姬昌见状连忙劝道："崇贤伯，鄂贤伯劝你的都是好话，你怎么这么暴横？鄂贤伯这番话，有则改之，无则加勉，不必这样羞恼。"

崇侯虎听了姬昌的话，不敢再对鄂崇禹动手。谁料没有提防，却被鄂崇禹一壶酒劈面打来，正打在脸上。崇侯虎大怒，探身来抓鄂崇禹。姜桓楚连忙架开，大声喝止："大臣厮打，体面何存！崇贤伯，夜深了，你睡吧！"崇侯虎只能忍气吞声地先去休息了。

崇侯虎走后，三侯重整酒席，继续共饮。

二更时分，姬昌听到有人小声说话："侯爷，你们今夜传杯会饮，只怕明日要鲜血染市曹。"

姬昌喝道："什么人说话，过来！"左右侍酒人等都在两旁，只得都过来，齐齐跪在地上，谁都不肯承认是自己说的。姜、鄂二侯也没听到。

姬昌动怒说："都拉出去斩了！"一个驿卒这才承认是他说的。

姬昌审问得知他叫姚福，便清退了闲杂人等，仔细审问姚福。

姚福说："侯爷，姜王后屈死西宫，二位殿下被天风刮去。大王听了妲己娘娘的话，暗传圣旨，宣四位侯爷前来，明日早朝，就会一概斩首。小人实在不忍心，才无意中说出来的。"

姜桓楚忙问："姜娘娘为什么屈死西宫？"

姚福只得从头说起："大王无道，诛妻杀子，自立妲己为正宫……"

姜王后乃姜桓楚之女，女儿死了，姜桓楚心里怎能不难过！他心如刀绞油煎，大叫一声，跌倒在地。

姬昌忙命人把他扶起，说："王后受屈，殿下无踪，但人死不能复生。今夜我们写下奏章，明早面见大王，必定要冒险力谏，分清黑白，以正人伦。"

姜桓楚说："姜门不幸，怎敢连累众位贤伯上言。我姜桓楚明日独自面君，辩明冤枉。"

费仲得知四伯侯已到，暗中去见纣王，说："四伯侯明日肯定有奏章，大王完全不用看，只要把四人一概捉了，推出午门斩首即可。"纣王答应了。

次日早朝，四伯侯来到殿前，请亚相比干转呈奏章。

纣王先发制人，问道："姜桓楚，你知罪吗？"

姜桓楚说："臣镇守东鲁，奉公守法，有什么罪？大王听信谗言、迷恋酒色，炮烙忠良杀妻灭子。臣受先王大恩，直言冒奏，实则是君负臣、臣无负于君。"

纣王大怒，骂道："老逆贼！命女弑君，罪恶如山。推出午门，以正国法。"

士兵把姜桓楚剥去衣冠，绳捆索绑，推出午门。

姬昌、鄂崇禹、崇侯虎出班启奏："大王，姜桓楚忠心为国，并没有谋权篡位的想法。请大王三思！"

但纣王成心要杀四伯侯，把奏章放在龙案上，看都不看一眼。

三人又奏："大王不看奏章就杀大臣，这是虐臣。文武百官肯定不服。"

纣王只能去读奏章。他看到奏章上全都是指责他荒淫无道的话，不由大怒，把奏章扯碎，命士兵把三人也推出午门，又命鲁雄为监斩官，立即动手行刑。

这时费仲、尤浑出班启奏："四位大臣冒犯天颜，罪不可赦。据臣所知，崇侯虎一心为君，披肝沥胆，忠心报国，今天上奏章不过是随声附和。请大王赦免他，命他将功赎罪。"

纣王对两奸贼言听计从，传旨："特赦崇侯虎！"

黄飞虎一看，不由怒气冲天，出班跪下。比干、微子、箕子、微子启、微子衍、伯夷、叔齐七位王爷一同出班，苦苦为其他三位诸侯求情。

纣王说："我也听说姬昌忠良，看在众位大臣的面子上赦免他。假如他要反叛，你们难辞其咎。姜桓楚、鄂崇禹谋逆不赦，速正典刑。"

上大夫杨任等六位大臣出班再为两位伯侯求情。纣王不听，说："谁再谏阻，就与这两个逆贼同罪！"

鲁雄领旨将鄂崇禹和姜桓楚处以了极刑。

姬昌谢过七位殿下，哭着说："天子屈杀二侯，东、南两地从此不安宁了。"众人潸然泪下。

次日，比干奏明纣王，要为二侯收尸，放姬昌回去。

费仲对纣王说："姬昌外似忠诚、内怀奸诈，臣怕放他回去如放虎归山。"

纣王说："圣旨已下，大臣们都知道了，我怎能出尔反尔？"

费仲说："臣有一计，可除姬昌。"

纣王忙问："什么计？"

费仲于是上前与纣王悄声说了，纣王连连点头非常赞同。

比干到馆驿见姬昌，对他说："我已奏明大王，大王已答应为二侯收尸，放贤侯回西岐。"姬昌道了谢。比干又说："朝内已无纲纪，奸贼当道。贤侯宜早行，恐迟则生变。"

次日一早，姬昌来到午门，向王宫叩拜，然后带领家将出了西门。黄飞虎、微子、箕子、比干等已到十里长亭，为姬昌饯行。姬昌下马，从亲王到百官依次把盏敬酒。姬昌量大能饮百杯，他与众人难舍难分，因此对敬酒的人来者不拒。正在欢饮时，费仲、尤浑也带酒来到。众官见了二人，各找借口抽身而去。

姬昌是正人君子，怎么可能知道二人的阴谋？两个人连连用大杯劝酒。姬昌酒量虽大，但已喝过几十杯，渐渐有了醉意。二人乘机问："听说贤侯善于推算先天之数，准不准啊？"

姬昌说:"当然准了。但事在人为,广行善事,就能逢凶化吉。"

费仲说:"当今天子行为错乱,不知将来会怎样?"

姬昌醉酒之中,竟忘了二人是当世的奸佞,凄然说:"国家气数黯然,传到当今天子就要亡国,不得善终。"

费仲问:"应在哪一年?"

姬昌说:"不过二十八年,戊午年甲子日。"

过了一会儿,二人又问:"请贤侯算一下我们的下场如何?"

姬昌袖中一算,说:"怪事。人死或因百般杂症,或因五刑水火,或因上吊跳楼。但二位大夫却死得蹊跷,要被雪水淹身,冻死在冰内。"

二人再问:"贤侯自己下场如何?"

姬昌说:"不才倒得善终正寝。"

三人又饮几杯,费、尤借口朝中有事,起身离去。二人一路上暗骂姬昌。

不一会儿二人来到午门,下马朝见纣王,说:"姬昌乱言辱君,罪在大不敬。"

纣王怒问:"他说些什么?"

二人说:"他说国家到大王就要灭亡,就在二十八年后。大王不得善终,他自己倒得善终正寝。又说臣二人会冻死冰中。尽是荒唐之说,虚谬之言。"

纣王下令:"叫晁田速去把他捉拿回来,斩首正法。"

费、尤二人走后,姬昌继续上马赶路。他这才想起来酒后失言,心中不由懊恼。又想起推算过自己有七年的劫难,不会平安返回西岐,莫不是应了此劫?正想着,晁田飞马赶来,高叫:"姬伯,天子有旨,

请回京吧。"

姬昌吩咐家将："看来我这次是在劫难逃了。七年后我自会回到故里，我已安排好伯邑考家中事宜，你们快走吧。"家将洒泪离去。姬昌同晁田回到朝歌。

黄飞虎得报大惊，忙命周纪去请各位，他自己跨上神牛来到午门。见姬昌正在午门候旨，便问："贤侯为何回来？"

姬昌说："大王召我回来的。"

纣王召见姬昌，一见他就破口大骂："老匹夫，我发善心放你回去，你倒好，反辱大王，怎么解释？"

姬昌说："臣再愚蠢，'天地君亲师'五字时刻不敢忘。我怎么敢侮辱大王呢？"

纣王怒斥："还敢狡辩？你不是说我不得好死吗？"

姬昌说："我只是依据卦象占卜，没有侮辱大王。"

纣王说："你说我不得善终，你却能善终，不是辱君是什么？"说着就要叫人把姬昌推出午门斩首。

黄飞虎等七亲王闯进殿来，大叫："大王，姬昌不可斩！他是直言君子，请大王赦免他的小过。"

比干也劝道："大王，斩姬昌事小，社稷安危事大。姬昌素有贤名，诸侯敬仰，军民钦服。大王可命他推演凶吉，如准可赦免；要是不准，再定他妖言惑众之罪。"

纣王只得准奏。姬昌一算，大惊道："大王，明日午时太庙起火，速将神主请开。"

纣王让随从先把姬昌下狱，到第二天再看他推算得准不准。

等七位亲王退下后，尤浑启奏："大王可传旨，令太庙守官明日不许焚香点烛，太庙肯定不会失火。"

次日，七大亲王聚集在武成王府。这时，忽听一声霹雳，地动山摇。阴阳官报："太庙着火啦！"

比干叹道："太庙遭了灾，看来商汤的天下也不长了。"

纣王得知太庙起火，被吓得魂飞天外。两奸贼也被吓得肝胆俱裂。

纣王问："姬昌推算果然应验，这可怎么办？"

两奸贼说："他算得虽准，也不能放他回去。不如把他囚禁在朝歌，以免再给我们找麻烦。"

于是姬昌就被押送到羑里囚禁了起来。羑里军民牵羊担酒，夹道跪迎。姬昌在羑里没事的时候，就推演八卦。后来他将八卦发展成了六十四卦。

伯邑考枉死

转眼西伯侯姬昌被囚禁在朝歌已经快七年了,他的儿子伯邑考非常着急。一天,伯邑考对大夫散宜生说:"父亲被囚禁这么多年,我做儿子的不能不救。我决定前往朝歌代父赎罪,你认为怎么样?"

散宜生回答:"公子啊,主公不会有事的,他说过他七年之后就会回来。你去了反而会凶多吉少,还是不去的好。"

伯邑考说:"父亲要遭七年的罪,那还要我们九十九个儿子干什么?就这样决定了。我带着祖传的三件宝贝前往朝歌进贡,代父赎罪。"说完就进宫向母亲太姬夫人辞行。

太姬夫人说:"你走了,西岐的事交给谁呢?"

伯邑考说:"家里的事就交给弟弟姬发,外面的事就交给大夫散宜生,军队的事就交给南宫将军。"

太姬夫人见伯邑考坚决要去救父亲,劝阻不过,只能答应了。

伯邑考到朝歌后找了个驿馆住下,然后前往亚相府,想找亚相比干帮忙。

比干知道伯邑考的来意后问:"难得公子一片孝心。你进贡的是什么宝贝呢?"

伯邑考回答:"是我家祖传的七香车、醒酒毡和白面猿猴。七香车是轩辕黄帝在北海打败蚩尤时留下的。人坐在上面,不用推拉,想到哪儿就能到哪儿。醒酒毡是用来醒酒的，如果喝醉了，躺在上面，一会儿酒就醒了。白面猿猴虽然是畜生，但它能歌善舞。"

比干听了说："果然是宝贝。我一定替公子转达。"

纣王一听有如此好玩的东西，顿时心花怒放，就宣伯邑考进殿。

伯邑考进来跪倒在地说："罪人的儿子伯邑考朝见大王。"

纣王说："姬昌罪大恶极，儿子能进贡为父亲赎罪，真是孝子啊。"又转身对妲己说："王后，伯邑考的这片孝心还是很难得的，是不是啊？"

妲己见到伯邑考，想到了一个坏点子，说："是啊，大王。我听说伯邑考的琴弹得举世无双。能不能弹上一曲，一饱耳福啊？"

伯邑考回答说："回娘娘的话，现在我的父亲被囚禁，我内心痛苦万分。我哪有心情弹琴呢？"

纣王一听伯邑考要扫妲己的兴，就说："你就弹一曲，如果好听，我就放你们父子回去。"

伯邑考听纣王这么一说，顿时高兴起来了。只见他盘腿坐在地上，把琴放在膝盖上，十指拨动琴弦，弹了一曲。

琴声悠扬，婉转动听，大家都陶醉了。纣王赞叹："果然名不虚传啊。"

妲己说："可惜这么好听的曲子以后再也听不到了。"原来妲己想把伯邑考留在身边。

纣王看妲己一副伤感的样子，就下令让伯邑考留在宫中。

伯邑考一听坚决不从，坚持让纣王遵守诺言。纣王大怒，便下令处死了伯邑考。

可怜伯邑考这个孝子，为了营救父亲，最后竟惨死于朝歌。

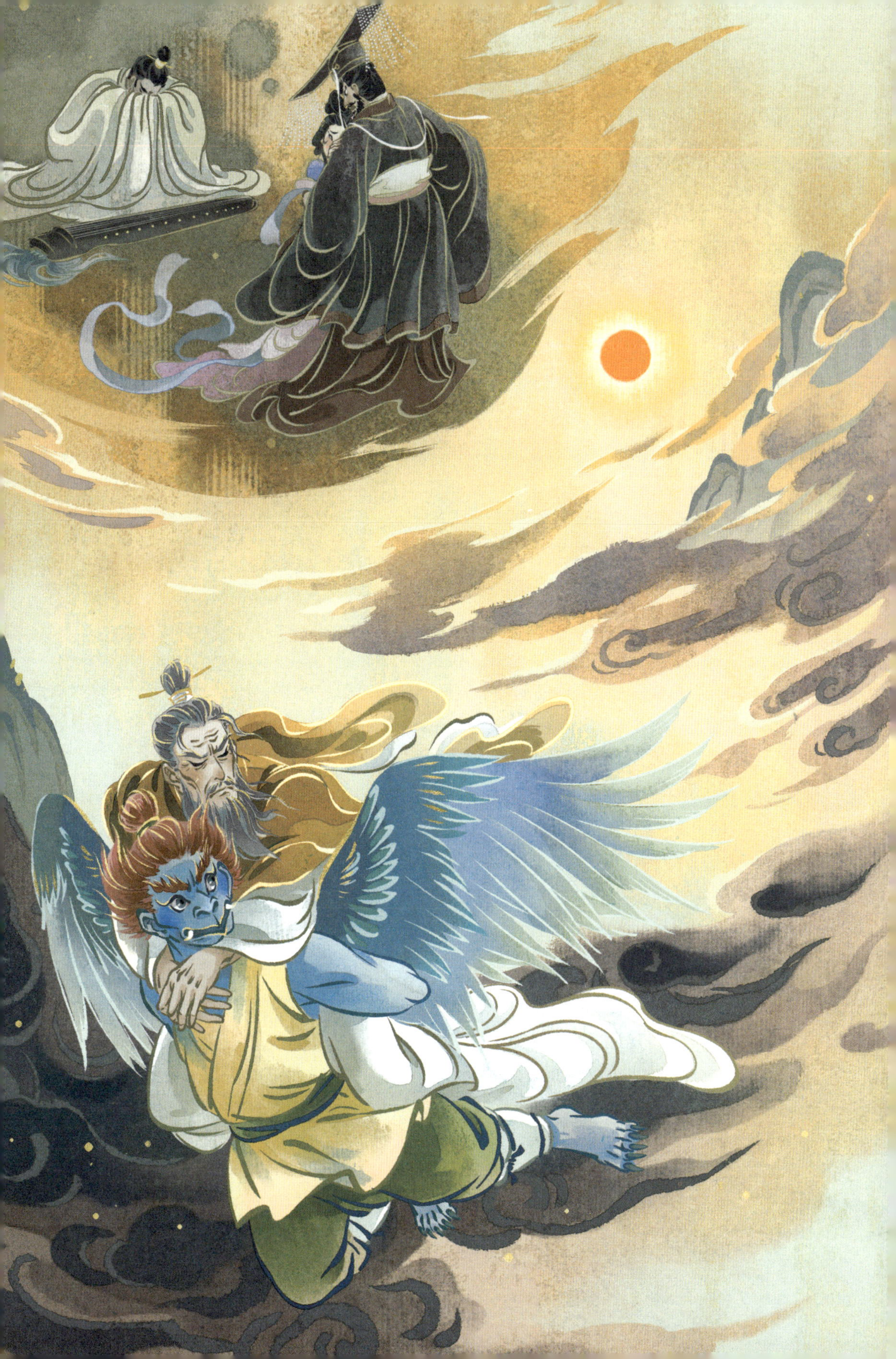

伯邑考为救父亲姬昌去朝见纣王，最后竟惨死于朝歌。

纣王释放姬昌后反悔，派追兵捉拿他。幸而得雷震子及时相助，姬昌平安回到西岐。

妲己谋害伯邑考后，害怕被姬昌知道真相。她看着伯邑考的尸体，心生一条毒计，就对纣王说："大王，我听说姬昌能掐会算，号称圣人。圣人是不会吃自己儿子的。现在叫御厨将伯邑考的肉做成肉饼，赐给姬昌。如果姬昌吃了，说明他这个圣人徒有虚名，那就把他放了，以显示大王的仁慈；如果姬昌不吃，就赶快杀了他，以绝后患。"

昏庸的纣王竟赞同了这个无比恶毒的计划。

雷震子救父

姬昌被囚禁在羑里城,每天不是研究阴阳八卦,就是弹琴消遣。这天正弹着琴,突然琴弦断了一根。姬昌心想:这是不祥之兆啊。于是他赶紧算了一卦,不由得泪流满面,说:"我的儿子不听我的话,遭到杀身之祸!现在如果不吃他的肉,我就性命难保;如果吃了他的肉,我又于心何忍啊!"

不一会儿,使臣就带着圣旨来了,说:"大王见侯爷待在这里辛苦,就把昨天打的猎物鹿獐做成肉饼,特地赐给侯爷。"姬昌揭开盒子盖,说:"多谢大王恩典。"他当着使臣的面一连吃了三块饼。

使臣见姬昌吃了儿子的肉,暗想:人人都说姬昌能未卜先知,现在竟然不知道吃的是自己儿子的肉,真是名不副实啊!他回去便向纣王报告了这个情况。

纣王听了使臣的话,说:"既然姬昌徒有虚名,留在这里也没什么用,还是放了他吧。这不仅可以显示我的博大胸怀,也可以给文武百官有个交代了。"

姬昌沉浸在失去儿子的巨大痛苦之中,自责地说:"孩子啊,不要怪我。父亲实在没有办法啊。"他正伤心呢,忽然使臣到了,说:"我来是为了奉圣旨赦免西伯侯姬昌。"姬昌赶紧谢恩,收拾行李,离开羑里,前往朝歌。

姬昌到了朝歌，朝见纣王。只听纣王说："你在羑里待了七年，却毫无怨言，忠心可鉴。现在我不光要赦免你，还要封你为忠孝公，赏赐白旄黄钺，每月再加禄米一千石，让你荣归故里，继续坐镇西岐。你先在朝歌游街三天，接受大臣、百姓的祝贺。"

姬昌谢恩，找个驿馆住下，等待文武百官来庆贺。这时有人来报，武成王黄飞虎求见。姬昌赶紧迎接这位好朋友。

黄飞虎一见姬昌就说："西伯侯啊，你怎么这么傻，真的在这里等三天啊？"

姬昌说："武成王，此话怎讲？"

黄飞虎说："当今大王宠信妲己、不理朝政、听信谗言、迫害忠良，东南两处的各路诸侯已经造反了。你还是笼中之鸟、网中之鱼啊。这之间的变故还很大，夜长梦多，说不定大王马上就改变主意了。你还不赶快离开这个是非之地，还游什么街啊？快回家去吧。"

姬昌听了，叹了一口气："武成王啊，我也想早点回去啊。可是没有令牌，五关怎么过得去呢？"

黄飞虎说："这个不难，令牌在我手里，现在就给你。赶紧走吧。"说完取出令牌交给姬昌。

姬昌接过令牌，谢过武成王，乔装打扮，连夜逃出朝歌。

驿馆的官员见姬昌跑了，赶紧向纣王汇报。

纣王知道姬昌迫不及待地逃跑，知道大事不妙，马上命令神武将军殷破败、雷开点三千骑兵前去追赶。

殷破败、雷开快马加鞭，拼命地追。姬昌回头看见后面尘土飞扬，听见人喊马嘶的声音，知道是追兵到了，惊得出了一身冷汗，恨不得马能腾云、肋生双翅。但可怕的是潼关就在前面拦着。

正在这危急时刻，突然风雷大作，从天空中飞下一个人来，停在西伯侯面前，问："您可是西伯侯姬老爷？"

姬昌一看，吓了一跳。这哪是人呀，简直是个怪物：脸是蓝的，头发是红的，一张大嘴，两颗大牙露在外面，眼珠子像铜铃、闪闪发光，还长着一对翅膀。西伯侯还以为遇到了鬼，顿时吓得魂不附体，忐忑地回道："这位英雄，我就是姬昌。"

那个怪物一听连忙跪了下来，说："父亲，孩儿来迟了，让父亲受惊了。"

姬昌一下愣住了，说："我不认识你啊，怎么是你的父亲呢？"

雷震子说："孩儿是您在燕山收的雷震子啊。"

姬昌想了想说："噢，是有这么回事。你让终南山的云中子给带走了，现在正好七年了。你怎么长成这个样子？为什么会来这里？"

雷震子说："说来话长，孩儿先带您离开这个危险的地方，路上再告诉您。"说完背起姬昌就飞了起来。

雷震子边飞边告诉姬昌："我师父算出您有难，就叫我去找一件武器。我在山涧找啊找，忽然看见一棵树上有两颗红杏，就采下来吃了。没想到就长成现在这个模样了。然后师父就叫我来救您。"

姬昌很高兴，趴在雷震子的背上，眼睛紧紧闭着。只听耳旁风声呼呼，一会儿就已经出了五关，在一个叫金鸡岭的地方落了下来。姬昌睁开眼睛一看，知道已经回到故乡了。

雷震子说："父亲已经出五关了，孩儿也告辞了。父亲多多保重。"

姬昌吃惊地问："孩子，你为什么不和我一起回家，而在中途抛下我？"

雷震子说："师父命令，救父亲出关后马上就回去。师命不敢违背，

待孩儿学成之后再来孝敬父亲。"说完叩头告别。

姬昌独自一人回到西岐，文武百官及姬昌的儿子们前来迎接。姬昌左看看右瞧瞧，看着眼前的儿子们，就想到了伯邑考，不禁泪如雨下，心如刀绞。他用衣袖抹掉泪水，作了一首悲歌："尽臣节兮奉旨朝商，直谏君兮欲正纲常。谗臣陷兮因于羑里，不敢怨兮天降其殃。邑考孝兮为父赎罪，鼓琴音兮屈害忠良。啖子肉兮痛伤骨髓，感圣恩兮位至文王。夸官逃难兮路逢雷震，命不绝兮幸济吾疆。今归西土兮团圆母子，独不见邑考兮碎裂肝肠。"

悲歌作完，他长啸一声，跌倒在地。周围人急忙扶起，拿茶汤喂食。这个时候，姬昌一张口，"哗"的一声，吐出来一个肉团。那个肉团就地一滚，突然长出了四只脚、两只耳朵，变成一只白兔，朝西方跑去。他连吐了三个肉团，都变成白兔跑走了。

姬昌仰天长叹："儿啊，我把你带回来了。"

众人不明白是怎么回事。待医士给姬昌开药医治后，姬昌就把自己的遭遇详细地告诉了大家。

大家一听义愤填膺。大夫散宜生说："主公，大王残暴无道，制造炮烙，残害大臣；杀妻诛子；沉湎酒色，不理朝政。这样的昏君我们还保他干什么？"

大家都附和道："反了吧，为公子报仇！"

姬昌说："大家不要意气用事。想我姬昌忠君报国，怎么会做出如此大逆不道的事情？虽然大王有过错，但作为大臣应当以忠孝为首。各位的心意我明白，但不能因为个人恩怨而使狼烟四起、生灵涂炭。我希望西岐的百姓永远不会听见兵器撞击的声音，永远不会看见打仗杀戮的场景，大家都能安居乐业。否则我姬昌就成了罪人，留下千古骂名了呀！"

大家见姬昌如此仁义，心中除了佩服之外，再也无话可说了。

第四章 姜子牙拜相

姜子牙下山

这天，元始天尊坐在八宝云光座上，命白鹤童子："请你师叔姜尚过来。"

于是白鹤童子请来姜子牙，姜子牙急忙赶到座前行礼。

元始天尊问："你到昆仑山多少年了？"

姜子牙答道："弟子三十二岁上山，到今天已经七十二岁了。"

元始天尊说："已经这么长时间了啊。你生来命薄，仙道难成，只可以享受人间的福气。如今成汤气数已尽，周室当兴。你替我代劳，下山去扶助明主吧。如此，你还可以当上将相。这里不适合你，快快收拾，准备下山吧。"

姜子牙大吃一惊，哀求道："弟子是真心出家修道啊。弟子在这里苦熬了四十年，虽然进展有限，但还望天尊大发慈悲。我对人间富贵，一点也不感兴趣，情愿在山里苦修。"

见姜子牙不肯走，南极仙翁上前劝说："姜子牙，机会难得，时不可失。你今天下山，等马到成功之后，还可以再上山的嘛。"

元始天尊点头称是："对，以后你还可以回来。"

于是，姜子牙收拾琴剑衣囊起身，南极仙翁送他到麒麟崖。姜子牙告别了南极仙翁，心里还是七上八下：我上无伯叔兄嫂，下无弟妹子侄，叫我往哪里去？我就像离开树林的飞鸟，没有一根树枝

可以让我栖息呀。

正在伤感时,姜子牙忽然想起朝歌有一个结义的仁兄叫宋异人,不如就去投奔他。姜子牙借土遁一会儿就到了朝歌,从南门再走三十五里,就到了宋家庄。姜子牙看到这里门庭依旧,门前还种着翠绿的绿柳,感叹道:"我离开这里四十年了,真是风光依旧,人面不同。"

宋异人正在家里算账,听到姜子牙来访,连忙迎出庄来。

二人叙旧,分外亲热,姜子牙在宋异人的劝说下还破戒喝了酒。二人欢饮之时,宋异人问:"贤弟上昆仑山多少年了?"

姜子牙竖起四个手指:"时间飞快,不知不觉四十年了。"

宋异人问:"在山上学了什么道术?"

姜子牙惭愧道:"没有学什么道术,每日无非挑水浇松、种桃烧火、扇炉炼丹而已。"

宋异人大笑道:"你这做的都是奴仆的活儿啊。既然你现在下山了,就在我家住着,找些事做,不要再出家了。我和你相处一场,明天我就给你议门亲。"

不几日,宋异人帮姜子牙选择良辰吉日,迎娶了马员外的女儿马氏。姜子牙成亲之后,成天想着什么时候当上将军宰相,早日回昆仑山,整个人看上去失魂落魄,和马氏也没什么心情说话。马氏不知道姜子牙的心事,只觉得姜子牙痴痴呆呆的,脑子不灵光,没什么用。这么过了几个月,马氏和姜子牙商量着,让姜子牙做点小生意,赚钱来维持家用。姜子牙说:"我三十二岁就去昆仑山学道,俗世上的东西我不太会,只会编笊篱。"马氏说:"这个也行,我们后园就有竹子,砍些来劈篾,编成笊篱,到朝歌城里去卖,赚些小钱,大小都是生意。"

姜子牙便砍了竹子，削成篾子，编了笊篱，挑去朝歌卖。没想到从早卖到下午，一个也没卖掉。姜子牙看看天色，还要留出时间赶三十五里路，就往回走了。一天一去一回七十里路，挑着担，把姜子牙肩膀都压肿了。姜子牙回到家，马氏一看，一担去还是一担回。两人埋怨来埋怨去，就吵了起来；宋异人听到了，过来察看情况。原来是因为没有卖出笊篱的事情。

宋异人笑着说："哎呀，原来是因为这事。这是小事，不要说你们夫妻两人，就是你们再生下几个小孩，再多几个人，我也养得起你们！你们何必去卖笊篱？这是什么生意嘛。"

马氏说："我知道你是好意，也感谢你。但我们夫妻两人日后也要有个着落，不能一直靠你啊。"

宋异人说："弟妹说的也是。我家粮仓里麦子很多，放久了容易生芽，不如磨些面，让贤弟挑去卖，也强过卖笊篱。"

姜子牙就收拾了笊担，和几个后生支起磨，磨了一担面粉。第二天姜子牙挑着，又进朝歌卖面粉，一路上肩膀疼得他龇牙咧嘴。但姜子牙挑着面粉，四门都走遍了，也卖不了一斤。这时他肚子又饿，担子又重，肩头又痛，便歇下了担，靠着城墙坐一坐，休息休息。他想起自己时运不好，不由得叹气。

这段时日，社会上反了东南四百诸侯，武成王便日日操练人马。这时军营炮响，惊了一匹马，溜缰乱跑。姜子牙弯着腰正在撮面粉，听到有人大叫："卖面粉的，马来了！"姜子牙急忙抬头，发现马已到跟前了。担上的绳子散在地下，马来得快，绳子一下就缠在马蹄子上了，把一箩面粉拖了五六丈远。面粉撒在地上，又被一阵狂风吹了个干干净净。姜子牙急忙抢面粉时,迎风一吹,全身上下都糊上了面粉。姜子牙又气又累,失望地挑着空担回家了。

宋异人看到姜子牙卖面粉不成,就把南门张家饭店交给姜子牙打理。朝歌城南门近教场,大路交错,人来人往很热闹,是开饭店的好地方。这天厨师宰了好些猪羊,蒸了点心,收拾了不少酒菜。姜子牙掌柜坐在里面,等着顾客上门。真是奇了怪了,平时生意很好,姜子牙一坐在这里,从早晨到中午,连个客人的影子都不见。到了下午,又下起了倾盆大雨,更没人来吃饭。天气炎热,准备好的食材,被这阵暑气一蒸,顿时就要馊了。接下来一连几日都没有顾客。

姜子牙回到宋家庄,唉声叹气地对宋异人说:"真是对不住仁兄!几天了,一个顾客都没有,做好的酒菜都臭了,贴了不少本钱。"

宋异人笑说:"贤弟不要烦恼,你发财的时候还没到,我再帮你想想办法。你干脆先不想做生意的事了。我看你近日心情不好,我陪你走走,散散心吧。"

两人便来到了后花园散心。

姜子牙见后花园十分宽敞,是个好地方,问道:"这么一大块空地,怎么不造楼呢?"

宋异人说:"不瞒贤弟,不是不造,前前后后造了七八次,也不知道怎么回事,每次造起来就烧了,不敢再造了。"

姜子牙笑着说:"仁兄,这事好办,你只管造楼,剩下的交给我就好。"

姜子牙选好吉日后,宋异人便破土动工了。这天楼快造好了,突然一阵狂风大作、怪火飞腾,火光里出现了几个妖怪,脸上赤白黑青黄五色俱全,巨口獠牙狰狞怪异。早已守候在一旁的姜子牙散开头发，用手一指，把剑一挥，喝声："大胆妖孽，还不现出原形！"空中顿时一阵雷鸣，吓得五个妖怪连忙跪倒求饶。

姜子牙见它们这样，想起自己求道也不容易，叹了口气说："念在你们没有残害生灵，今日就放过你们。但要罚你们前往西岐山搬运泥土、听候派遣。以后有功之日，自然得其正果。"

五妖连连叩头，往西岐山去了。

火烧琵琶精

宋异人见识了姜子牙降妖的场面,于是建议姜子牙运用自己的道术,开一间算命馆。不几日,算命馆的房子弄齐整了,贴上几副对子。大门左边是"只言玄妙一团理",右边是"不说寻常半句虚"。里边又有一副,左边是"一张铁口,识破人间凶与吉",右边是"两只怪眼,善观世上败和兴"。上席又一副,左右分别是"袖里乾坤大"和"壶中日月长"。姜子牙选个吉日,算命馆就算开张了。

不觉光阴似箭、日月如梭,半年以后,朝歌城内外的,都来这里推算。

这南门外轩辕坟中,有一个玉石琵琶精,去朝歌城里看望她的千年狐狸精姐姐妲己,肚子饿了就在夜里吃宫女,御花园太湖石下,尸骨堆积。这天琵琶精看完妲己,出宫要回巢穴,经过南门时听到吵吵嚷嚷的,很热闹。

琵琶精一看,原来是大家都围着姜子牙在算命。她调皮地一笑说:"我也让他算算命看,看他怎么说。"琵琶精就变成一个妇人,身上穿着孝服,扭着腰肢来到姜子牙面前。姜子牙见这个妇人来得蹊跷,走路也不是很端庄,定睛一看,认出是个妖精。

琵琶精到了里面坐下,朝着姜子牙笑。

姜子牙说:"借右手一看。"

琵琶精瞄了瞄姜子牙说："先生算命，要看手干什么？难道先生也会看手相？"

姜子牙点头说："要先看手相后算命。"

琵琶精心中暗笑，娇滴滴地把右手递给姜子牙。姜子牙一把扣住琵琶精的寸关尺脉门，运丹田中先天元气，用火眼金睛镇住她的妖光。

琵琶精知道大事不妙，连忙大呼小叫道："先生不算命不看相，抓着小女子的手不放，是要干吗？大家快看看，大家快看看，快放手！"

周围的人不明就里，都跟着骂姜子牙，说这个老先生头发都白了，还老不正经的，借算命调戏良家妇女，王城脚下做出这样的事，真是无法无天了。

姜子牙解释道："大家不要误会，这个不是女人，是妖精啊！"

周围的人叫："这明明是女人，哪里是妖精？"

姜子牙急了，拿起一块紫石砚台，照着琵琶精的头顶就来了一下。琵琶精一下就被打死了。众人大吃一惊，四散逃开了，不住地喊道："不得了啦，光天化日，算命的打死人了！算命的打死人了！"

说来也巧，亚相比干正好乘马经过，问怎么这么吵。

众人一起出来为这个女子鸣不平。其中有人告状道："丞相，这里有个算命的，刚才有个女子来算命，他瞧女子长得好看，就想占便宜。女子贞洁，誓死不从。他顿时恶向胆边生，当着我们的面，拿石砚打死了这个女子！"

比干听了大怒，叫手下人快把姜子牙抓起来。姜子牙仍旧一手扣着琵琶精的寸关尺脉门，把琵琶精拖到比干马前。比干喝道："看你头发都白了，这么大白天的，当着大家的面，竟然做出这样的事，还伤人性命。"

姜子牙说："大人，我从小用功，知书达理，哪里敢违法。这个不是女人，是妖精呀。最近我看宫中妖气弥漫、天下大乱，我感激这方水土对我的养育之恩，所以除妖灭怪、荡魔驱邪，希望天下早日太平。"

比干见人多说不清楚，又见姜子牙还拿住女子的手不放，就问道："就按你说的，那妖精已经死了，怎么还不放手？"

姜子牙回答："死的只是躯壳，我一松手，妖精就逃走了。"

比干听了吩咐说："等我启奏圣明的天子，马上就会明白。"

比干来到摘星楼，见了纣王，把事情说了一遍。妲己在后面一听就明白怎么回事了，出来对纣王说："大王，亚相说的真假难辨。大王可传旨，让那术士到摘星楼下，我要亲自去看一看。"

姜子牙拖着妖精到了摘星楼前。纣王站在楼上问："跪着的是什么人啊？有何事？"

姜子牙说："小民姜子牙，从小寻访名师，懂得一些仙家道术，能认出妖魅。小民在南门那儿开了一间算命馆，靠卖卜度日。今天有一个不知天高地厚的妖精也来算命，想要戏弄小民，被小民看穿，当场击杀。"

纣王摇摇头说："我看这个女的明明是人，不是妖精啊。"

姜子牙说："大王，要想妖精现形也不难，用火烧一烧，她就现原形了。"

纣王命人搬来柴火。姜子牙在琵琶精身上贴上符咒，镇住她的原形，然后将她放在柴火上。火烧起来了，顿时浓烟黑雾，火焰如金蛇红马乱窜乱奔。足足用火烧炼了半个时辰，那尸身上下，竟一点也没有烧焦，果然是个妖精。大家也都对姜子牙的话信服了。

但奇怪的是，烧了这么长时间还没有看到所谓的妖精原形。于是比干下楼来问道："你不是说火一烧就现原形吗？"

姜子牙答道："这个是凡间的火。待我用三昧真火一炼，便可现出原形了。"说完，便用法术从眼、鼻、口中喷出三昧真火来。这下琵琶精就受不了了，在火光中惨叫着爬起来，嘶叫："姜子牙！我和你无冤无仇，怎么用三昧真火烧我？"

纣王听见火里有人说话，吓得目瞪口呆。周围人也都大惊失色。姜子牙却十分镇定，双手张开施展法术，顿时霹雳交加，一道闪电劈向火堆。火灭烟消，现出一面玉石琵琶来。纣王惊慌失措地跟妲己说："妖精现出原形了，是一把玉石琵琶。"

妲己看到自己的姐妹遇害，心如刀绞，暗暗心伤："妹妹呀，你来看过我，直接回坟里就好了，淘气算什么命呀。今天死在恶人手里，将来我一定杀了姜子牙，给你报仇！日后我寻了机会，定将你复活！"但她表面上装作不知情的样子，笑着说道："大王，叫人把玉石琵琶拿上来，等我上了丝弦，日夜给大王弹奏取乐。还有，这个姜子牙是个人才，大王何不封他做官，留在朝中。"

姜子牙谢恩，戴上冠回到宋家庄。大家一看姜子牙做官了，都来贺喜。马氏喜极而泣。姜子牙和亲友们一连喝了好几天酒庆贺。

姜子牙入朝做了官。妲己每每看到姜子牙都恨得牙根发痒，暗暗发誓要为妹妹报仇。一天，妲己画了图纸，要让姜子牙监造鹿台。

姬昌率文武百官来到姜子牙所住的竹林前，看到姜子牙正坐在溪边垂钓。姬昌不敢打扰姜子牙，只悄悄地站在姜子牙的身后。

她故意把图纸画得非常复杂，楼高四丈九尺。她想，如果姜子牙造不好，或者不能按期完工，正好可以用这个借口让纣王杀掉姜子牙。

姜子牙让崇侯虎负责监督建造鹿台，自己趁机回到宋家庄，和妻子马氏说："这个官我是做不成了。大王听信妲己的话，让我负责建造鹿台，出现差错就要加害于我。我看我们还是走吧。你和我一同去西岐建功立业怎样？"马氏觉得姜子牙在痴人说梦，没有同意。不得已，姜子牙只能一纸休书，把马氏休掉了。

姜太公钓鱼，愿者上钩

姜子牙辞别马氏，离开了朝歌之后，一直在渭河附近隐居，等待时机。他每天诵读道教经典、修真悟道，烦闷的时候就去渭河垂钓。一天，姜子牙在渭水边垂钓的时候，遇到一名樵夫。这名樵夫放下柴担子，好奇地问姜子牙："我经常看见你在这里钓鱼。请问你是谁啊？为什么到这个地方？"

姜子牙回答："我是东海许州人，姓姜名尚，字子牙，道号飞熊。"樵夫听了，大笑不止。姜子牙不解地问："你又是谁？为什么要笑？"

樵夫止住笑说："我叫武吉，西岐人。自古以来都是贤士圣人才有道号，我看你每天在这里无所事事，竟然也有道号。笑死我了。"说完拿起鱼竿一看，又大笑了起来。

姜子牙被笑愣了，问："你又笑什么？"

武吉提起鱼线，指着鱼钩说："我天天看你钓鱼，这鱼钩是直的，能钓着鱼吗？"

姜子牙捋一捋胡须，笑着说："原来你笑这个。这是我的乐趣，愿者上钩。"

武吉一听笑疼了肚子，说："老人家，不会钓鱼，你就别找理由了。我教你一个方法，你把针用火烧红了，弯成钩的样子，再装上诱饵，线上再穿上浮子。鱼来吃诱饵时，浮子就会动，你再使劲往上一提，钩子就钩住鱼鳃,鱼就钓了上来——这样才能钓到鱼。像你这样钓鱼,别说三年,就是一百年也钓不到一条鱼的。这么笨,还叫飞熊?"

姜子牙听了哈哈大笑,说:"你只知其一,不知其二啊。老夫在这里垂钓,目的不在钓鱼,而是在这里钓王侯呢。"

武吉听了,一只手抚着肚子,一只手不住地抹眼泪,说:"真是笑死我了。居然还有像你这样的人!想做官想疯了吧?瞧瞧你这副尊容,还想做王侯,做梦吧你。"

姜子牙生气地说:"小伙子,话可不能说得这么难听。我这副尊容怎么了?你才是一副倒霉相呢。不相信?你今天到城里肯定会出事,你要大祸临头了。"

武吉一撇嘴:"我才不信呢。"他挑起柴担,就到西岐城中去卖。

一会儿武吉到了南门,遇上了姬昌的车队。路比较窄,武吉挑着柴闪在一旁。站着比较累,他就想换个肩膀。谁知突然担子掉了一头,扁担弹了出去,正好打在一名士兵的头上。劲道太大了,这名士兵当时就被打得没气了。

只听有人大喊:"樵夫打死士兵啦!"武吉当即被拿下,押到了姬昌面前。

姬昌问:"你是什么人?为什么打死我的士兵?"

武吉战战兢兢地回答:"小人是西岐的良民,叫作武吉。道路狭窄,我为了躲避侯爷的车队,没承想却误伤了您的士兵。"

姬昌说:"你既然打死了人,当然就要抵命。"于是就在南门画地为牢,将武吉囚禁起来。因为姬昌能掐会算,犯人不敢打逃跑的主意,否则被抓回来会罪加一等。

武吉被关了三天。他想起家中孤苦伶仃的老母亲,不觉放声大哭。

大夫散宜生正好经过南门，看见武吉哭得伤心，就问："你打死人就要偿命，这是天经地义的事，哭什么？"

武吉回答："小人不幸遇到冤家，说我大祸临头。现在误将士兵打死，理当偿命，不敢埋怨。可是小人家中有七十多岁的老母。小人没有兄弟、没有老婆，母亲一定会饿死的。想起母亲，我就伤心得哭了起来。呜呜……"

散宜生听了非常同情武吉，就说："你不要哭了，我去说说看，让大人先放你回去，等为你母亲准备好生活用品再法办。"说完就去见姬昌。姬昌听了散宜生的话觉得有理，就同意先放武吉回家安排好母亲今后的生活，再法办偿命。

武吉被放出来后，向家中飞奔，老远就看到母亲靠在门框上盼望。见武吉回来了，母亲忙问："儿子啊，出了什么事了？怎么过了几天才回来啊？我为你担心死了，怕你在深山老林里遇到豺狼虎豹，整天为你提心吊胆、寝食不安的。你回来我就放心了。到底怎么了？"

武吉听了放声大哭，将来龙去脉仔细地说给母亲听了。母亲一听儿子弄出了人命，吓得魂不附体。他一把抱住武吉，哭着说："我的儿子忠厚老实，怎么会出这种事情啊？你要是有个三长两短，我还怎么活啊？"

武吉说："那天孩儿挑着柴走到溪水边，看见一个老人在钓鱼，线上只拴着一根针。孩儿就问他这样怎么可能会钓到鱼，他居然说不是为了钓鱼，而是在钓王侯。孩儿就讥笑他这副尊容不可能当官，他说我一脸倒霉相，会大祸临头的。我不相信，结果当天到城里就出大事了。那老人的话太毒了，太可恶了。"

母亲听了叹口气说:"你也太不懂事了,怎么这么没礼貌?那个老人不是一般人,恐怕他有先见之明。孩子,赶快去向人家道歉,再求求他救你。他是一位高人,肯定会有办法的。"

武吉听了母亲的话,赶紧去找姜子牙。武吉来到溪边,见姜子牙还坐在树下钓鱼,恭恭敬敬地叫道:"姜老爷。"

姜子牙抬头一看,见是武吉,就说:"你是那天的那个樵夫吧?那天卖柴出事了吗?"

武吉慌忙跪下,哭着说:"小人是一介村夫,不会说话,那天冒犯了您。望您大人不计小人过,救救我吧。"说完就把事情的经过讲了一遍。

姜子牙听了故意说:"你这是人命案子,我也没有办法。"

武吉赶紧往前爬了几步,哀求道:"老人家,您要是不救我,那可是两条人命啊。看在我老母亲的分上,发发慈悲吧。将来我就是做牛做马,也会报答您的。"

姜子牙见他态度比较诚恳,就说:"你要我救你也行,但你必须拜我为师。"

武吉听了,赶紧下拜。

姜子牙说:"你既然是我的弟子,我就得救你了。这样,你赶紧回家,在你的床前挖一道四尺深的坑,长度随便,晚上就睡在坑内。你叫你母亲在你头前点一盏灯,脚后点一盏灯。然后抓两把米或者饭撒在你身上,再放上些乱草。晚上就这样睡,早上起来只管去做生意,你就没事了。"

武吉听了马上回家布置,此后果然平安无事。一有空,武吉就跟师父学文武韬略。

这天，散宜生忽然想起武吉半年过去了还没有归案，就向姬昌汇报。姬昌掐指一算，就对散宜生说："武吉跳进河里畏罪自杀了。"说完叹了一口气，摇了摇头。

文王访贤

春天来了,阳光明媚,百花齐放,桃李争艳。面对大好的春光,姬昌便对手下人说:"这几天正好闲着没事,我们今天出去踏踏青,享受一下这春色。"

众人都说好。于是就来到郊外。路上也有许多前来踏青的人,大家有说有笑的,沉浸在美妙的大自然中。

姬昌看到老百姓安居乐业,非常高兴;侧耳一听,那边还有几个渔夫正在唱歌,好听极了。姬昌也被吸引住了,于是走过去问:"这么好听的歌曲是出自谁之手啊?你们当中一定有高人吧?"

那些渔夫笑了起来,说:"我们哪里是什么高人啊?这首歌是河那边的一个老头写的。"

姬昌听了就对散宜生说:"既然这样,我们就去拜访拜访他吧。"于是他们一边欣赏美丽的风景,一边去找那个老头。他们走着走着,又听到一些樵夫在唱歌。姬昌很纳闷:怎么这么多人会唱这么好听的歌呀?就问其中一个:"这首歌是谁写的啊?"

那个樵夫说:"是河那边的一个钓鱼的老头写的。"又是那个老头?姬昌正纳闷呢,只见一个人挑着一担柴朝这边走来。姬昌一看,这不是武吉吗?他怎么会还活着?赶紧命令手下把他抓来。

"大胆刁民,你竟敢欺骗我,居然不前来认罪伏法?"姬昌愤怒地问,"是谁教你这么做的?"

武吉知道躲不过去了,只好把河边遇到姜子牙的事一五一十地告诉了姬昌。

姬昌听了大吃一惊,心想:还有这样的高人?如果能为我所用那该多好。就对武吉说:"前面带路,我要去看看是何方神圣。"

武吉一听,赶紧带他们去找师父。

快到的时候,姬昌下了马,慢慢地走,生怕惊动了这位高人。武吉上前敲门,只见出来一个小孩。

姬昌笑着问:"你的老师在家吗?"

小孩说:"不在家,和朋友一道出去了。"

姬昌又问:"什么时候回来?"

小孩摇摇头回答:"不知道。可能一会儿就回来,可能要一两天回来,也可能要三五天才回来。"

散宜生就在旁边说:"既然这样,我们改天再来拜访吧。"

姬昌说:"也只有这样了。武吉和我们一道回去。三天后再来。"

三天后,姬昌下令文武大臣都去迎接姜子牙。这时,大将军南宫不服气了,就对姬昌说:"姜子牙只不过是个钓鱼的老头,恐怕是徒有虚名。用这样隆重的礼节去,如果请来一个庸人,会让人笑掉大牙的。还是先让我去把他接来比较保险。如果他果真是高人,您再去不迟;如果他是庸人,那就不用理会了。您何必要亲自去呢?"

散宜生一听就急了,严厉地说:"南宫将军怎么这么说话呢?现在是多事之秋,正需要高人相助。对待人才就要有足够的诚意,否则谁还会为西伯侯出力呢?"

姬昌听了非常高兴,说:"散大夫说得很好。出发。"于是带着文武百官浩浩荡荡地去迎请姜子牙。

他们来到姜子牙所住的竹林前，看到姜子牙正坐在溪边垂钓。姬昌不敢打扰姜子牙，只悄悄地站在姜子牙的身后。姜子牙知道自己等的人来了，便高歌一首。待他唱罢，姬昌才问道："贤士很快乐吗？"

姜子牙一回头，看见是姬昌，就把鱼竿丢下，行礼拜见。

姬昌连忙扶住，说："久仰先生大名，特来拜见。今日能够相见，实在是荣幸之至啊。"

姜子牙听了摆了摆手说："我已经是一块朽木了，承蒙西伯侯错爱，实在是心中有愧啊。"

散宜生一听心想：这两个人这么客气下去会没完没了的。于是他说："先生也不必过于谦虚了。我们这次来是特地请您出山相助的。您也知道当今大王宠信妲己、听信谗言、迫害忠良，弄得诸侯叛乱、民不聊生。西伯侯为国为民寝食不安啊。听说先生是世外高人，特来聘请先生共谋大事，救民于水火之中。望先生能顾念天下苍生，出手相助。"

姜子牙听了非常感动，说："我今年都快八十岁了，你们还这样看得起我，实在令我感动。如果我还赖在这儿，真是不识抬举了。我这就跟你们走。"

一行人浩浩荡荡地回了西岐城。老百姓听说后纷纷走上街头，夹道欢迎。众人来到朝门，姬昌升殿，封姜子牙为右灵台丞相，封武吉为武德将军。两人谢恩。之后姬昌又大宴群臣，文武百官争相祝贺。

姬昌在姜子牙的辅佐下，如鱼得水、如虎添翼，把西岐治理得更加有条不紊。

第五章 比干遇害

妲己请妖赴宴

在崇侯虎惨无人道的压榨下，经过两年多的时间，鹿台终于造好了。纣王听到完工的消息，非常高兴，约妲己坐上七香车前去游览。二人心情大好，还唤上了文武百官随行。

这鹿台真是富丽堂皇，内室地面全用白色大理石铺就，墙壁玛瑙装扮，楼阁重重，亭台叠叠。正殿中间镶嵌了几颗硕大的夜明珠，夜晚的时候，夜明珠闪烁灵动，照得到处如白昼一般。

随行队伍中的比干在台下观看着，默默在心中感叹：这个鹿台不知道耗费了多少民脂民膏，修建的时候不知道累死了多少能工巧匠，真是劳民伤财啊。

纣王和妲己在台上畅饮。欢笑之余，纣王问妲己："你说过鹿台建成之后会有仙姬、仙子来游玩。现在鹿台造好了，他们什么时候来啊？你快想办法叫他们来吧，他们能天天来才好呢。"

仙姬、仙子要降临的说法只是妲己为了陷害姜子牙而随意编造的一个谎言，没想到纣王还记着。但既然纣王问起了，妲己只好继续往下编造说："大王，他们都是神仙啊，不是随便什么时候都能来的。他们只在晴天、月亮圆满的时候才会来到人间。"

纣王让人看了时辰，说："今天是初十，再过五天，就是十五了，那时候就是月亮圆满的时候。让他们来吧，我要与他们一起开怀畅饮、共度良宵，怎么样？"妲己满口答应。

到了十五月圆的前两天晚上，妲己等纣王睡着之后，悄悄现出原形，来到朝歌城外的轩辕坟——那里是狐狸精的巢穴。看到妲己到来，狐狸们纷纷出来迎接。

妲己对其中的九头雉鸡精说："妹妹，如今大王造好了鹿台，要在十五月圆的时候和所谓的仙子一起玩乐，到时候你带着会变身的孩子们变成仙子、仙姬的模样，去鹿台赴宴。"说完又交代一番才匆匆赶回宫。

纣王大醉醒来，看到妲己便问："马上就是十五了，仙子能来吧？"

妲己说："仙子已经给我托梦了，他们会来的。大王可一定要隆重招待他们啊，摆上几十桌宴席，各种奇珍异果、山珍海味也要多多准备。仙子们高兴了，可保大王万寿无疆。"

纣王大喜说："那太好了。神仙降临，自然要备好宴席，朝中能喝酒的多叫几位来陪仙子，比干是海量，一定能陪好。"于是纣王立即传旨召见比干。

十五到了，纣王下令，在鹿台安排酒席三十九桌。备好酒席后，纣王恨不得赶快天黑。终于到了晚上，果然月亮圆满。纣王和妲己早早就在台上等仙子、仙姬到来。妲己说："神仙马上要到来了，大王不可出来见面。如果泄露了天机，神仙会不高兴，以后他们就不会再来了。"说完把纣王推进内室。过了一会儿，周围风声四起，风停之时，空中飘下一些人来。纣王紧张地在内室的屏风后面观看，只见神仙们穿着鲜艳的衣服，头上有戴鱼尾冠的，有戴一字巾的，个个神气活现。纣王正看得高兴，妲己到内室说："神仙都来了，大王可以出来相见了。"

纣王热情地和各位神仙打招呼，神仙们纷纷还礼。一个领头的神仙说："今晚承蒙大王设宴款待，如此热情、如此丰盛，我们感激不尽。但愿大王万寿无疆，国家繁荣昌盛。"

纣王更是高兴地慷慨陈词一番，马上让陪宴官员入席。

比干是陪宴的主力，便来到台上。在皎洁的月光下，他起初看到神仙们个个仙风道骨，端详起来时，又觉得神仙们有些异样，但又说不出来哪里不对。比干只能收起心中的疑惑，专心陪宴。比干拿着金杯斟酒，在各个酒席转了一圈，和各位神仙频频举杯。

妲己觉得不尽兴，让比干换大酒杯。比干拿着大酒杯又敬了一轮酒，神仙们同样换大酒杯回敬。

谁知神仙们很快就不胜酒力了，而比干还是清醒异常。原来比干有百斗之量，再喝几轮也没事。又喝了几大杯之后，神仙们的尾巴都掉了出来，但他们在酒精的麻醉之下都浑然不知。在月光之下，神仙们掉出来的尾巴被比干看得一清二楚。当然，妲己也看到了，她知道，再喝下去，妖精们马上就要现出狐狸原形了，连忙叫停比干："仙子、仙姬都喝够了，亚相不必再敬了。让各位神仙各归洞府吧。"

比干不再敬酒，就下台回家。出午门，走了二里地，比干碰见了正在夜间巡逻的武成王黄飞虎，对黄飞虎说："真是岂有此理！大王让我陪神仙喝酒，这些神仙看上去仙风道骨，没想到喝了几杯之后，狐狸尾巴就露出来了。哪里是什么神仙啊？原来是一群狐狸精。"黄飞虎告诉比干说："丞相回家歇息吧，明天我自有办法。"

黄飞虎命令四位部属守在东、西、南、北四个方向，要看那些狐狸精出哪座城门，务必盯紧，跟到妖精的老巢。这些小狐狸一个个醉得摇摇晃晃，东倒西歪，相互搀扶，勾肩搭背，行走缓慢，到南门时已经接近五更。守在南门的士兵远远看见了，跟在他们身后，一直跟到城外三十五里地的轩辕坟，发现那里有一个石洞，竟是狐狸精的老巢。

次日黄飞虎前来报告比干。二人商定，火烧狐狸洞。就这样，他们用把烈火将群狐烧得无影无踪。检查时士兵发现，还有些狐狸没有烧焦，皮毛还是完好的。比干和黄飞虎就命令士兵将没有烧焦的狐狸皮挑选出来，制成狐皮袄袍，准备在寒冬时献给纣王。这样一来可以震慑妲己，二来可以时时警醒纣王，三来也可以显示比干和黄飞虎的忠心。

不觉已到寒冬，比干前去鹿台给纣王献狐皮袄袍。他故意用朱盘装着袄袍，高高举起。众人都看得分明，这件袍子是天然的狐狸皮所制。比干亲手抖开袍子，给纣王披上。

妲己见到狐皮袄袍，顿时心如刀绞。她知道这是自家子孙皮毛所制，因此对比干恨之入骨，誓要取其心以泄愤。

七窍玲珑心

一次妲己与纣王在鹿台欢饮的时候，用妖术把自己的容貌变幻了一番，往昔美丽的脸庞顿时如花朵凋零一样，黯淡了许多。纣王看后有些难以接受。妲己趁机说："大王，我现在一脸残容，有碍大王观瞻了。不过不要紧，我有一个干妹妹，姓胡名喜媚，她花容月貌，比我漂亮多了。"

纣王一听来了兴致，说："你既然有妹妹，怎么没听你说过？"

妲己解释道："我这个妹妹从小学道，平日里深居修行，不出来走动，我没有提，大王也就不知道了。她曾送我一支香，告诉我，若我想她，只要焚香，她就会知道，就会赶来见我。"

纣王恨不得赶快见到胡喜媚，焦急地说："快，那现在就焚香吧。"

妲己卖起了关子："大王别急。我这个妹妹现在是修行高人，非同凡人，不能说请就请，要讲究时辰才好。明天月下，我要准备好筵席，沐浴更衣后再焚香。"

当晚三更，妲己趁纣王睡着的时候偷偷来到轩辕坟，和雉鸡精胡喜媚密谋一番。就这样，胡喜媚顺利地进入了王宫。

一日，纣王正与妲己及新宠胡喜媚共进早餐，妲己突然大叫一声，口吐鲜血，倒在地上昏迷不醒。纣王吓得面如土色，摇着妲己说："王后这么多年都好好的，怎么今天突然得了这么厉害的病？"

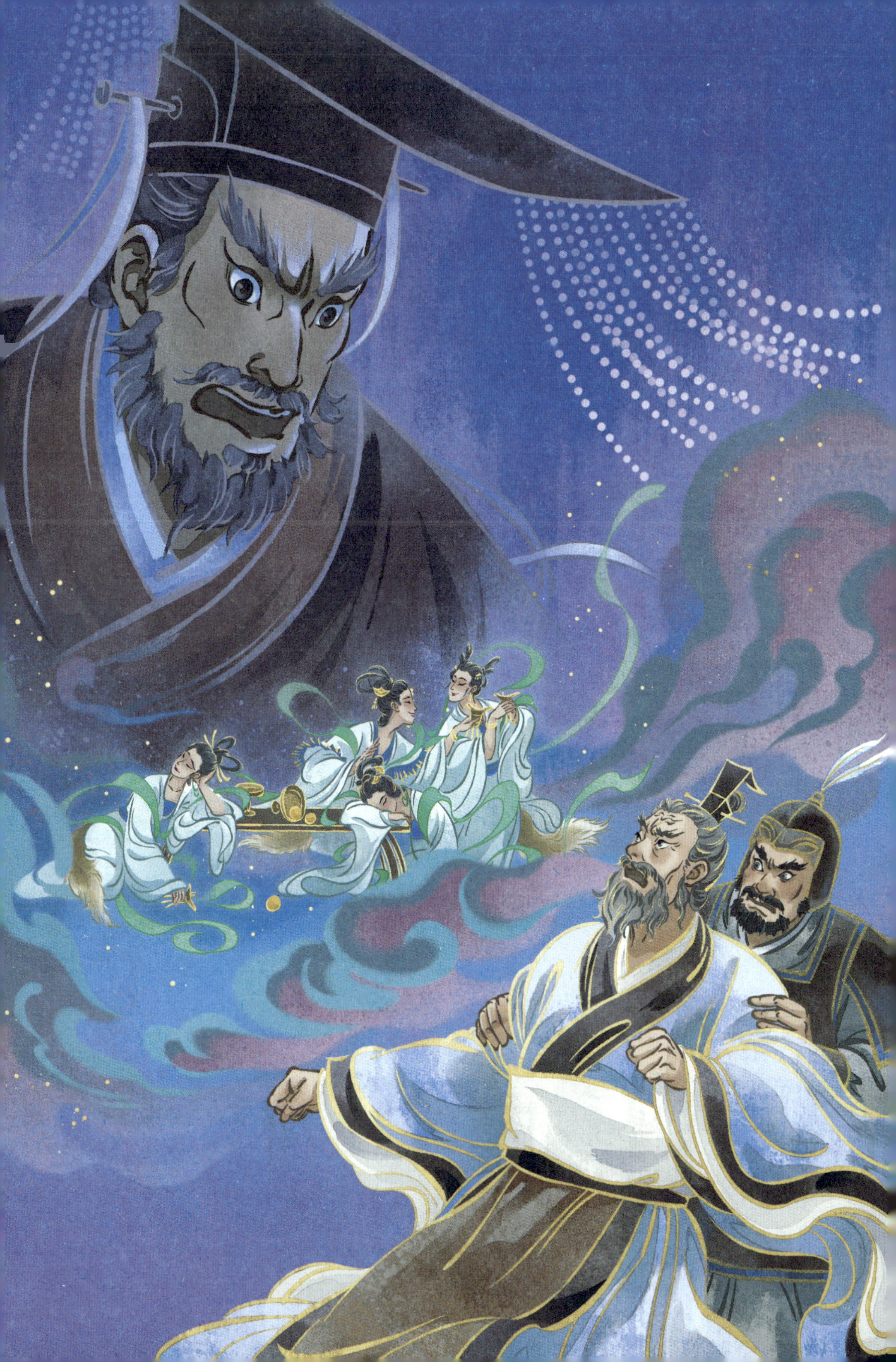

妲己邀请装作神仙的群妖赴宴,被比干识破。比干因火烧狐狸洞、进献狐皮袄袍,被妲己记恨,遭到挖心之祸。

胡喜媚故意用惊讶又害怕的语气说："大王怎么办啊？我姐姐的旧病又发作了。以前我们在冀州的时候，姐姐就出现过这样的心痛病，冀州城有一个叫张元的神医，他医术高明，煎煮一小片七窍玲珑心，姐姐吃下后心痛的病马上就好了。"

纣王闻言，急命人寻找张元，胡喜媚却称路途遥远，来不及了。胡喜媚突然说："朝歌城中如果有人长着玲珑心，借一小片，就可以救姐姐了。"

纣王犯了难："朝歌倒是近，但这么多人，谁有玲珑心呢？"

胡喜媚闭上眼，把手指动来动去，摇头晃脑，口中念念有词，过了一会儿，她睁开眼睛对纣王说："太好了，姐姐有救了。我已经算出，朝中有一个大臣就长了七窍玲珑心。就是不知道他愿不愿意借。"

纣王急问："谁？快说。"

胡喜媚告诉纣王，比干就是城中唯一长着玲珑心的人。纣王即刻召见了比干。

比干闻讯，愤怒而又惊恐。早先姜子牙离开朝歌时，曾预见比干将有大难，赠其一张神符，叮嘱其在危急时刻化灰冲服，可保无虞。比干心知此去凶多吉少，便把姜子牙所留的神符烧掉，灰烬加水，一并喝下，然后忧心忡忡地赴鹿台下候旨。

纣王见比干到来，连忙说："王叔你可算来了。现在娘娘的心疾复发了，要七窍玲珑心医治。冀州太远，朝歌城中只有王叔有玲珑心，恳请王叔借一小片，用来煎药。"

比干冷笑问："大王可知心是何物？"

纣王似乎有些急切又不明，回答道："心就是王叔你腹内之心啊，就是王叔腹内胸口那个长得像桃子一样的东西啊。"

比干怒斥道："心者，乃一身之主，心是万物的灵苗，也是四象变化的根本。你把我的心切下一小片，心不完整了，我还能活下去吗？老臣虽然不怕死，但是我担心我死了后，这大好的江山社稷将被葬送殆尽。如今，你竟然听信新纳的妖妇胡喜媚之言，赐我摘心之祸。比干在，江山在；比干存，社稷存；比干死了，江山就亡了！"

纣王嗤之以鼻，道："王叔你言重了。借心一小片，不过是小事一桩，这能有什么大事呢？又何须多费唇舌？"

比干怒目圆睁，厉声喝道："你真是糊涂啊！你摸着你的心好好想一想，把你的心切一小片试试看会怎么样！你这个昏君，沉迷酒色，糊涂至极，简直猪狗不如！倘若失去一颗心，我便命丧黄泉！我比干并未犯下剜心之罪，为什么我要无辜受此飞来横祸？！"

纣王勃然大怒，喝道："大胆，你竟敢在朝堂之上顶撞我，简直无法无天！来人呀，给我把比干拿下，挖出他的整个心脏！"

比干愤慨难平，怒喝道："不必他人动手，我自己来！我死后，九泉之下也不会愧对于先帝了！"

比干接过递来的宝剑，朝着太庙方向叩拜八次，泪流满面地叹道："成汤先王啊，您可知您的子孙殷寿已将您二十八世的基业断送了！不是我比干不忠，实在是君王无道啊！"言罢，他解开衣带，露出胸膛，将宝剑猛地刺入脐中，往上剖开腹部。令人惊奇的是，鲜血竟然一滴都未流出。比干将手伸入腹腔，取出心脏，狠狠地掷向地面。随后他掩上衣襟，面色如金，径直走下鹿台。

殿外的大臣议论纷纷，看到比干出来，纷纷让路。

武成王黄飞虎上前问比干："老殿下，出什么事了？"

比干没有回答，只是低着头快步离开了。他过九龙桥，出午门。随从看到比干，牵马过来，比干一言不发地骑上马往北门去了。

黄飞虎觉得很奇怪，便命令两名部下黄明、周纪追上比干，去一探究竟。

比干一路上依然默默无言，骑马飞驰数里。这时忽然听见一个老妇人大声叫卖无心菜，他便勒住马缰，问道："无心的菜是什么菜？"

老妇人轻描淡写道："即无心菜。"

比干问："人要是无心，会怎么样呢？"

老妇人答道："人若无心，便失去了生命之源，自然难逃一死！"

比干闻言，顿时大惊失色，一口鲜血喷涌而出，倒下马来，随即倒地而死。

黄明、周纪二位将领骑马飞快追到北门，看到比干仰面朝天，紧闭双眼，鲜血染红了衣袍，呼喊不应，已气绝身亡。原来，姜子牙留下的符印，烧成灰泡水喝下后，可以保护比干的五脏六腑。因此，比干虽然掏出了心脏，还能离开鹿台并骑马去往北门。叫卖空心菜的老妇人如果回答"人无心还能活"，比干也许可以不死；但当比干听闻老妇人"人无心自然难逃一死"之言时，他受到惊吓，符印药水的功效立即丧失，终致丧命。

第六章 黄飞虎反商

激反武成王

话说另一边。妲己有一次现出原形寻人吃,被黄飞虎放出的金眼神鹰抓伤,因此对黄飞虎怀恨在心。这时平灵王造反,纣王派闻太师前去平反,留黄飞虎镇守朝歌。

姜子牙得到消息,崇侯虎勾结费仲、尤浑,狼狈为奸,助纣为虐,陷害大臣,残害万民。姜子牙建议姬昌代朝廷前去征伐崇侯虎。姬昌和姜子牙带兵前往崇州征讨崇侯虎。此时崇侯虎正在朝歌城中,崇州由他的儿子崇应彪留守。崇应彪兵败将亡,紧闭城门不敢出战。姜子牙要架云梯攻城,姬昌良善,担心攻城会伤及城内无辜百姓。姜子牙只好写信给崇应彪的伯父崇黑虎,以天下大义说服崇黑虎。崇黑虎假装支援崇应彪,引崇侯虎回崇州,并捉拿了崇侯虎父子。姜子牙下令斩杀崇侯虎父子,又命崇黑虎占崇州。之后,姬昌病死,姜子牙拥立姬昌的儿子姬发为武王。

转眼到了纣王二十一年的新年。按惯例,百官要朝拜大王、祝贺新岁,百官的夫人也要到中宫向王后贺岁。黄飞虎的夫人贾氏便进了宫。她一来向妲己朝贺,二来要到西宫见见黄飞虎的妹妹黄贵妃。姑嫂一年只能见这一次面,总是有许多话要说。

妲己见贾氏到来,便心生毒计。待百官夫人贺毕,她单单留下贾氏来，故作亲热地问："夫人青春多少？"

贾氏说："已经三十六岁了。"

妲己说："夫人比我大八岁，是我姐姐，我与你结拜为姐妹吧。"

贾氏说："娘娘贵为一国之母，我和娘娘结拜，不成体统啊。"

妲己说："我虽是王后，父亲不过是侯爵；你丈夫身居王位，又是国戚，何必太谦虚？"就摆下宴席，请贾氏共饮。不一会儿纣王驾到，贾氏慌忙到后宫回避。

纣王问妲己："王后在和谁饮酒呀？"

妲己说："臣妾在陪武成王夫人贾氏饮酒呢。大王，您可曾见过他夫人吗？"

纣王说："我哪里见过？君不见臣妻，这是礼法。"

妲己说："贾氏是西宫黄贵妃的嫂子，是国戚；既然是亲戚，就没有什么避讳了。百姓家姑父、舅母同席饮酒是常有的事。待会儿臣妾把贾氏请到摘星楼来，大王可与她一见。"纣王早就听说黄飞虎的夫人天姿国色、美貌过人，便同意了。

过了一会儿，妲己邀请贾氏一同前去摘星楼游玩。贾氏不敢违命，只得跟着妲己上了摘星楼。她从摘星楼往下一望，看到摘星楼前的虿盆中有无数毒蛇和毒蝎，再看那酒池肉林中寒风阵阵，不禁不寒而栗。

妲己不以为意，传旨摆酒。贾氏谢辞。但妲己哪里会让她走。两人正推辞间，纣王进来了。这下，贾氏无处可逃，只能过来行礼。纣王见贾氏生得美貌，起了歪念，要让贾氏陪他饮酒。她百般推辞，纣王便端上一杯酒，要陪她站着饮一杯。

贾氏见纣王如此荒淫，怒气冲霄，喝骂："君不见臣妻，是礼法。

我丈夫为你的江山立下无数战功，你竟听妲己的谗言，欺辱臣妻。真是昏庸无道！"她抓过酒杯掷到纣王脸上。

纣王气得大叫道："来人！快把她拿下！"

贾氏怒喝："谁敢拿我？将军，臣妾为你保全了名节。"说罢便纵身跳下楼，摔得粉身碎骨。

黄贵妃久不见嫂子到来，派人打听，得知嫂子从摘星楼跳下，当即明白是遭了妲己的暗算。她不由怒气填膺，匆匆赶到摘星楼，指着纣王大骂："昏君！你成汤的天下靠谁？我哥哥为你立下无数大功，我父亲为你镇守界牌关。我家满门忠烈，一心为国为民。今日元旦，我嫂子进宫贺岁，你与妖妇骗她上楼，致她身死。昏君！你贪色不分纲常，灭绝人伦！"纣王自知理亏，无言以对。

黄贵妃转头又骂妲己："妖妇，你扰乱深宫，蛊惑大王，害我嫂嫂！"说着，黄贵妃上前一把抓住妲己，把妲己拖翻，打了二三十拳。

妲己虽是妖精，但在大王面前，有本事也不敢使出来，直叫："大王救命！"

纣王心疼妲己，上前拉偏架。黄贵妃挣扎中，一拳误打在纣王脸上。这下纣王大怒，一手抓住她的发髻，一手抓住她的衣裳，把她扔下了摘星楼。

贾氏的侍女急忙回府禀报。府中，黄飞虎和兄弟、儿子及副将正在饮酒贺岁。黄飞虎的三个儿子得知母死姑亡，放声大哭。黄飞虎则心痛得一言不发。

黄飞虎的兄弟黄明说："嫂嫂进宫，想必是昏君见嫂嫂貌美，便君欺臣妻。嫂嫂是女中丈夫，为了名节，所以跳楼。娘娘见嫂嫂惨死，必定与昏君理论，昏君偏向妖妇，把娘娘摔下楼。这样的昏君，我们还拥护他做什么？君如此负臣，不如我们反了吧！"说罢就与周纪、龙环、吴谦上了马，提上兵器，准备出门而去。

黄飞虎忙劝阻道："四位贤弟快回来。就是反，也要商议好投奔何方再收拾停当才行。"

四员猛将知道黄飞虎是个忠臣，不能劝他反，便决定使用激将法。于是黄明笑嘻嘻地说道："长兄骂得有理。又不是我们的事，我们又何苦替你烦恼？来来来，接着吃，接着喝。"四人抬来一缸酒，大吃大喝，欢笑不止。

黄飞虎见这边三个儿子哭成泪人，那边四位副将却在一旁饮酒作乐，不由心如火燎、烦躁不堪，问："你们四个干吗笑得这么开心？"

黄明说："今天正月初一，我们吃酒作乐有什么不对？你管得了吗？"

黄飞虎气不过，说："我家里刚出了这样的大事，你们看见了反而这般大笑，像话吗？"

周纪说："我们笑的就是你！"

黄飞虎问："笑我什么？我官居王位，位极人臣，有什么好笑？"

周纪说："你是官居极品，爵禄显要。但知道的说你是因为本领高强，才功高封王的；不知道的还以为你是依靠嫂嫂的美色取悦大王，换取了富贵呢！"

黄飞虎一听大怒，叫道："气死我了！反！"命家将收拾了行李，装了四百车，准备反出朝歌。临行前，黄飞虎问："我们要投奔谁呢？"

黄明说："如今三分天下二分归周，我们去投西岐周王。"

周纪暗想：飞虎是我们激他，一怒之下才反的；不如给他使个绝后计，让他反悔不得。于是就说："等我们到西岐借兵来为嫂嫂、娘娘报仇，时间太长了。依我看，不如先在午门与大王杀一场，见个雌雄。"黄飞虎心中混乱，稀里糊涂地就答应了。

黄飞虎提枪上牛。黄飞彪、黄飞豹领上三侄，同龙环、吴谦率家将和车辆出西门。黄明、周纪随黄飞虎来到午门。此时天色已明。

周纪大叫："昏君！早早出来说个明白！若等我杀进宫阙，你后悔也晚了！"

纣王正为逼死贾氏、摔死黄贵妃后悔不已，却又放不下脸面向臣子认错，因此懊恼一夜。此时得知黄飞虎在午门向自己挑战，他不由大怒，忙披挂整齐，点齐御林军，提刀上马出了午门。

黄明大叫："昏君失政，君欺臣妻，天理难容！"拍马摇斧直取纣王。

纣王举刀相架，周纪拍马夹攻。黄飞虎原想先跟纣王论理，不想二人上去就动手，但事已至此，只得挺枪杀上。君臣四人杀了三十余回合。纣王虽然骁勇，但也不敌三人夹攻，逐渐体力不支，败下阵来，跑回了宫。

百官得知午门大战，都来宫中问安。纣王怎肯认错，反归罪贾氏无礼、黄贵妃逞凶。百官不知内情，默默无言。

这时探马来报，闻仲闻太师带领大军凯旋。百官迎出来，同他一起到了大殿。闻太师不见黄飞虎的身影，就问："武成王呢？"这时，他才知道黄飞虎竟然造了反，大吃一惊。待听罢纣王所说，他仔细一品，就察觉出了其中蹊跷，知道这其实是纣王酿下的错。他就说："黄飞虎是忠良之臣，这事是您有负于他。他也是一时糊涂，犯下大错。请大王赦免黄飞虎。我愿意携兵马追他回来，这样社稷可保，天下

太平。"

百官齐说："太师所说有理，请大王早降赦旨。"

这时，下大夫徐荣站出来说："黄飞虎哪里还有臣子的礼节？他在午门与天子大战，有忤君之罪。"

闻太师听到这里，知道黄飞虎已自断退路——忤逆大王是大罪，没有一点回旋余地。于是急忙下令封锁沿途关卡，自己带领大军前去捉拿黄飞虎。

黄天化救父

黄飞虎一行由孟津渡了黄河，来到渑池。黄飞虎知道守将张奎厉害，想绕城而过，于是直奔临潼关。他走到白鸾林，突然后面烟尘滚滚，人喊马嘶，原来是闻太师的兵马追了上来。不一会儿，探马报信，说闻太师左有青龙关总兵张桂芳，右有佳梦关魔家四将，正中有临潼关总兵张凤，他们已陷入四面包围。黄飞虎知道这下难逃此劫，他看看七岁的幼子黄天祥，悲痛得仰天长叹，怨气冲霄。

清虚道德真君闲游五岳，正好路过此处，见此情形，便命黄巾力士用他的混元幡把黄家满门转移到僻静的山中去，由他来对付朝歌的人马。

这边四路人马会合，却都说没看到黄飞虎的人马。闻太师觉得好生蹊跷，决定先让其他三路人马退守关隘，自己则暂驻此处。

清虚道德真君见闻太师安下营寨，便打开葫芦，倒出神砂，往东南方一撒，神砂便幻化成黄飞虎等人的样子向朝歌去了。闻太师大惊，慌忙领兵前去追赶。清虚道德真君看闻太师撤军了，便又让黄巾力士把黄飞虎等人转移了回来。

黄飞虎等人这时仍稀里糊涂，都不知道发生了什么事，但看到包围的人马已撤离，便也来不及多想，连忙赶路，直奔临潼关下。突然，一声炮响，张凤率人马拦住了他们的去路。

黄飞虎在神牛上向张凤欠了欠身，说："老叔，小侄是逃难之臣，恕不能全礼了。"

张凤说："我和你父亲是八拜之交，你是大王的心腹大臣，你又是国戚。为什么造反？听我一句劝告，快快下牛受伏，也许大王会念你往日的功劳而赦免你。"

黄飞虎说："老叔，小侄的为人你是知道的。大王荒淫无度，颠倒朝政，我的妻子和妹妹也惨死他手。我一心为了朝廷，战功无数，如今却被如此辜负。望老叔能网开一面，放小侄出关，以投其明主。此份恩情，小侄定没齿难忘！"

张凤听了大怒，舞刀砍来。黄飞虎用枪架住刀，再次哀告。张凤不听，又一刀砍来。黄飞虎便也不管什么情面了，挺枪迎敌。两人大战了三十回合。张凤哪是黄飞虎的对手，只得逃进了关，紧闭城门。张凤见正面打不过，便命令副将萧银带三千弓箭手于二更时悄悄出城，欲把黄飞虎等人统统射死。

萧银原是黄飞虎的部下，承蒙黄飞虎的提拔而得到升迁，因此不忍心加害于黄飞虎。他在黄昏后，偷偷来到黄飞虎的军营，将张凤的阴谋告诉了黄飞虎，还打开了关门，放走了黄飞虎等人。

张凤得报才知用错了人，提刀上马赶去。不料萧银躲在门旁，一戟刺死了张凤。萧银怕追兵来赶，便命士卒放下闸板，用土封上城门洞，这样可多挡追兵几天。

黄飞虎一行来到潼关，遇到了守将陈桐及其兵马。黄飞虎见到陈桐，心想：当年陈桐在我手下违犯军令，罪该斩首，众将求情，我才赦他一死；今日见面只怕他要报当年之仇。黄飞虎硬着头皮提枪上牛,来到军前。陈桐幸灾乐祸,不顾黄飞虎好言相告,挺画戟杀来。二人打了二十回合,陈桐不是对手,拨马就逃。黄飞虎催牛赶来要拿陈桐。他眼看就要追上,陈桐突然一个回身,使出火龙镖。这个火龙镖乃高人传授的秘技,出手生烟,百发百中。黄飞虎躲闪不及,被火龙镖正中胸膛,从神牛上跌落下来。黄明、周纪见主将落牛,催马上前,两柄大斧杀向陈桐。陈桐再发一镖,把周纪脖子打穿,周纪落马而死。陈桐见一阵连杀二将,便收兵回关。黄飞彪、黄明抢回两具尸体,众人放声大哭,不知怎么办才好。

清虚道德真君回到青峰山紫阳洞掐指一算,知道黄飞虎遭了难,便命白云童子:"请你师兄来。"

不一会儿,来了一个挺拔有神的道童,到榻前下拜,问:"师父,唤弟子什么事?"

清虚道德真君说:"你父亲有难,你快去救他。"

道童说:"我父亲是谁?"

清虚道德真君说:"你父亲是黄飞虎,在潼关被人用镖打死了。你三岁时,我云游五岳,被你头上的杀气阻住云路,就把你带到山上,如今已十三年了。你是他的长子,名叫黄天化。"接着,清虚道德真君把一个花篮与一把剑交给黄天化,告诉他该如何破解陈桐的火龙镖。

黄天化赶到潼关时,已经五更了。只见不远处有一簇人马,挑一盏灯,正发出痛哭声。黄天化走过去,岗哨喝问来者是谁。

黄天化说:"我来自青峰山紫阳洞,是特地来救黄飞虎将军的。"

黄飞彪提着灯迎出门来,看见这道童的相貌举止与他哥哥黄飞虎很相似,便连忙请进营。黄天化走过去,见父亲躺在毯子上脸如白纸，周纪躺在旁边，就命人取水来。

家将取来水，黄天化取出丹药用水化开，撬开黄飞虎的牙关灌下药，再用药敷在伤口上；接着又用同样的方法救治周纪。天色微明时，黄飞虎突然大叫一声"疼死我了"，接着便睁眼醒了过来。

黄飞彪高兴得忙上前察看，然后对黄飞虎说："是这位道童救了长兄。"

黄飞虎忙起身拜谢，说不完的感激话。

黄天化跪下来，流着泪说："父亲，我就是三岁时在后花园失踪的你的长子黄天化呀！"

黄飞虎等人是又惊又喜，忙问是怎么回事。黄天化就把师父的话说了一遍。他见全家都在，就是不见母亲，便询问原因。得知母亲、姑母死在昏君、妖后之手，黄天化悲痛得昏倒在地。待众人把他救醒，他咬牙切齿地哭叫道："父亲，孩儿不回青峰山了，我们这就杀上朝歌，为母亲、姑母报仇！"

正在这时，外面陈桐前来挑战。黄天化对黄飞虎说："父亲只管应战，有孩儿在此，父亲不要怕他！"

于是，黄飞虎提枪上牛，出营高叫："陈桐，今日我要报一镖之仇！"

陈桐见黄飞虎安然无恙，大吃一惊，但来不及多想，黄飞虎已杀至眼前。没打几回合，陈桐不敌黄飞虎，又想故技重施。却没想他刚放出火龙镖，就被黄天化用花篮收了进去。陈桐大怒，催马杀向黄天化。黄天化把剑一指，一道星光飞出，陈桐当即毙命。原来此剑是清虚道德真君的镇洞之宝，名叫"莫邪宝剑"，无论敌人多厉害，光华闪烁，人头落地。黄明等众将一声呐喊，杀散官兵，斩了关锁，杀出潼关。

出了潼关，黄天化向父亲告辞，准备回紫阳洞复命。他们约定武王伐纣时再会。父子兄弟洒泪而别。

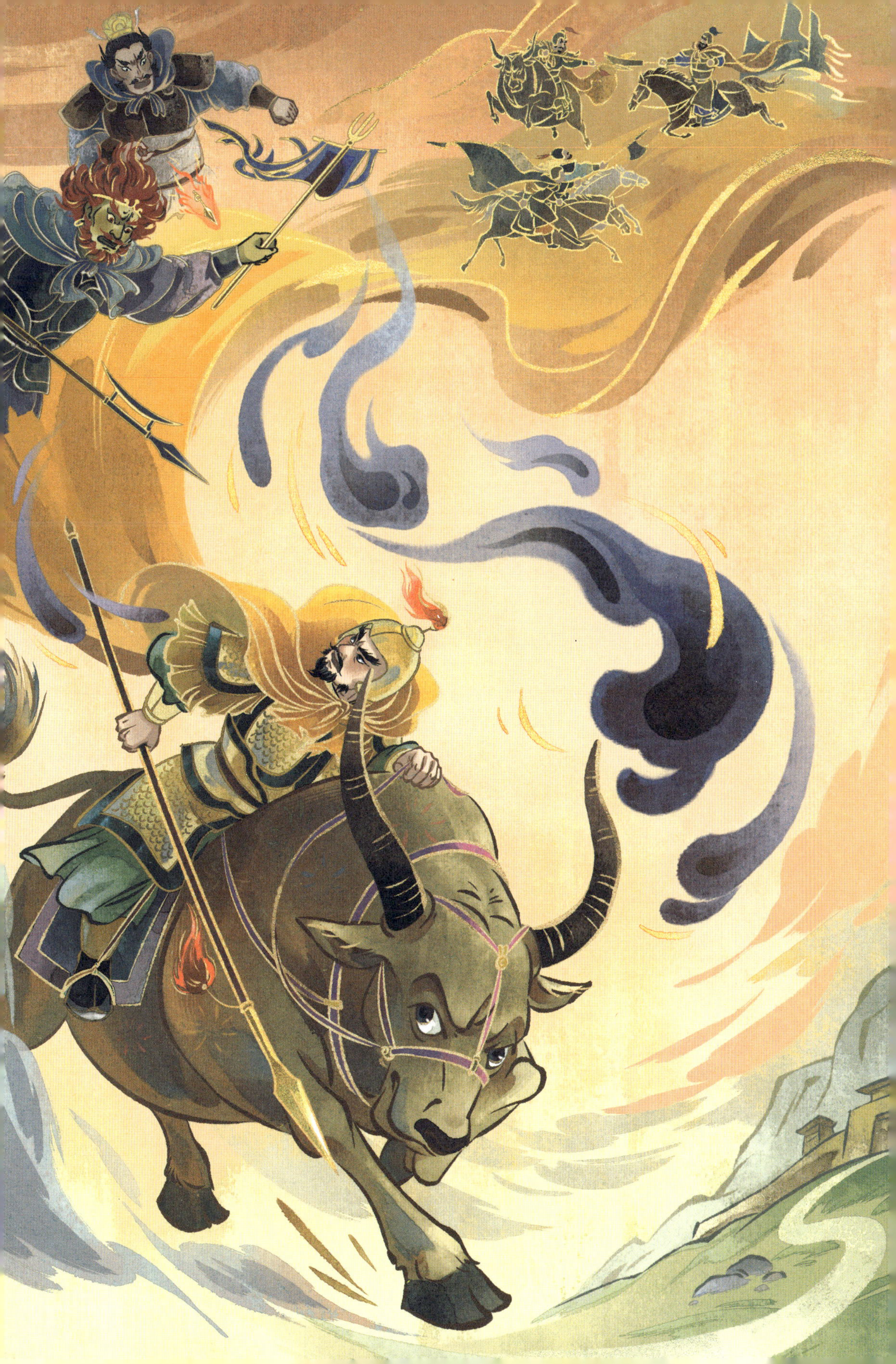

黄飞虎反出朝歌,九死一生过五关,投奔西岐周武王。

过关斩将终投周

黄家人马来到穿云关,守将陈梧是陈桐的哥哥。他得知弟弟被杀,气得火冒三丈,要带兵迎敌。偏将贺申认为黄家人马勇不可当,只可智取不可力敌,献上一计。陈梧大喜,依计行事。

陈梧率众将迎出关来。黄飞虎见对方没披甲胄、没拿兵器,便放下心来。陈梧说:"将军忠良,赤心报国,这次是大王辜负于您,是您蒙冤了。末将的弟弟陈桐不识时务,自寻了死路。"说罢,又让人准备好饭菜和住处,请黄飞虎等人到住处落脚休息。

黄飞虎不知陈梧诡计,只道他是深明大义,未生疑心便领人马进关。众人用好饭后便在帅府住了下来,陈梧则告辞回了私宅。一路舟车劳顿,大家很快就睡着了。只有黄飞虎独坐灯下毫无睡意,想起家遭惨祸,恨得咬牙切齿。鼓打三更,忽听一阵风响,灯火忽然暗了下去。黄飞虎被惊了一身冷汗。这时,只听见一个声音说:"黄将军,我不是妖魔,是你的妻子贾氏。这里马上会有火光之灾,快带着大家离开这里!请将军照看好我那三个没了娘的孩儿!"说罢,灯火猛然又亮了起来。

黄飞虎大惊,叫道:"都快起来!"黄明等人慌忙爬起,赶来问什么事。黄飞虎把刚才贾氏显灵的事情说了一遍。黄飞彪说:"宁可信其有,不可信其无。"黄明去拉大门,发现大门早就被人从外面锁上了。龙环、吴谦用斧劈开门，见门外柴草堆积如山。众家将忙搬开一条路，推出车辆，逃出了帅府。此时陈梧等人率兵持火把蜂拥而来，得知黄飞虎等人已逃出了帅府，便追上他们一阵截杀。但陈梧他们哪里是黄飞虎等人的对手，不一会儿就被杀得七零八落。待杀出穿云关，黄明说："到了界牌关，就是黄老太爷镇守的地界了，再不用杀了。"

界牌关守将黄滚是黄飞虎的父亲。但是他得知儿子们反出朝歌，一路上夺关斩将，是又气又恼，命人准备了十辆囚车，领三千人马前去迎敌。黄明远远看到关下列开人马，又备有囚车，说："老太爷摆开这种阵势，不是好消息。"

黄飞虎骑着神牛上前，向父亲施礼，却被黄滚一顿臭骂，不敢说话。黄滚命黄飞虎立即束手就擒，由他押解到朝歌请罪。黄飞虎不敢违抗父命，就要下牛。

黄明大叫："长兄，不可。昏君乱伦反常，我们何必再受他驱使？才出三关，九死一生，怎么能听老将军一番话就去送死呢？"黄飞虎低头不语。黄滚迁怒于黄明，大骂黄明，若不是黄明等人唆使，黄飞虎决不会反。于是他拍马抡刀直奔黄明。

黄明用斧架刀说："老将军，黄飞虎等是您的儿子，黄天禄等是您的孙子。我们又不是您的子孙，怎么用囚车来拿我们？老将军的儿媳被昏君欺辱，女儿被昏君摔死，您不想着为骨肉报仇，反要押解儿孙去受刑。自古虎毒不食子，您真是糊涂啊！"黄滚大怒，举刀劈来。

黄明说："黄老头，你不识时务，怎不想我的斧子没眼睛，万一失手，老将军一世英名可就化为乌有了。"周纪、龙环、吴谦道一声

"得罪了",也杀上去。四将把黄滚围在中心。黄明大叫："长兄,你不走还等什么?"

黄飞虎见状,忙率家将冲出关去。

黄滚见黄飞虎等人跑了,气得跌下马来,拔剑就要自刎。黄明跳下马把黄滚抱住,骗他说："对不住了老将军,刚才多有得罪。其实是黄飞虎坚决要造反,我们根本拦不住。我们就想着见到您了,一起想办法拿下他。不如这样,您就说您改变主意了,要和他一起投奔西岐。晚上您在府内设宴请黄将军前来,届时老将军击钟为号,我们就地将他拿下。"黄滚信以为真,便按照黄明所说,追上黄飞虎,将他请回界牌关。

黄飞虎得信后不知发生了什么变故,黄飞豹说："这恐怕又是黄明的鬼主意,我们回去见机行事。"

晚上,黄滚摆酒宴款待众人。酒过数巡,黄滚发出暗号,黄明只作不知。黄滚问："怎么不动手?"

黄明说："刀斧手没到齐。"黄明悄声对周纪说了几句。周纪出去不多时,粮仓起了冲天大火。

这时,黄明说："老将军,周王是仁德之君,我们一同去借兵报仇吧,否则就凭烧了军粮您也难逃死罪。"至此黄滚才知道中了计,但他已没有退路可言,只有挂了帅印,带上三千人马,随子孙出关投西岐。

路上黄滚说："别人都不怕,只怕汜水关守关者韩荣手下的副将余化,此人会法术,人称七首将军。我们一到,恐怕个个都要被擒。"黄滚一路叹息不绝。

很快队伍就来到了汜水关,大家先在此安下了营寨。

汜水关守将韩荣得知黄氏人马来到，聚集众将，守住咽喉要道。第二天余化骑上火眼金睛兽，出关挑战。黄飞虎骑五色神牛出迎。余化劝黄飞虎投降，黄飞虎列举了大王的种种罪行，说明造反的原因，请余化开关，放一条生路。余化当然不依，两人便厮杀起来。黄飞虎枪法精奇，余化不是对手，拨兽就走，黄飞虎紧紧赶去。这时，余化取出一面幡来，这幡名叫"戮魂幡"，是蓬莱岛一位仙人传授给他的。只见他把幡一举，几道黑气便把黄飞虎罩住，一下捉去，摔到辕门外。余化把黄飞虎拿回城中邀功。韩荣命人把黄飞虎囚禁起来，待把反贼全部拿下了，再押解到朝歌请功。

接下来，余化再次出关，利用戮魂幡先后拿下了四将和黄飞虎的一个儿子。黄滚见子孙与四将被拿，身边只剩下十二岁的黄天爵和七岁的黄天祥，想到自己恐怕也难逃戮魂幡，就带上两个孙子进关，想用珠宝为孙子买一条生路。但韩荣收下珠宝，却将黄滚祖孙一同囚禁，并让余化把反贼关入十一辆囚车，准备押到朝歌请功。

乾元山金光洞太乙真人正好到了界牌关，掐指一算，得知黄飞虎父子有难，命哪吒前去帮忙。最终哪吒成功救出了黄飞虎一行人，送他们出了汜水关。

黄飞虎父子行了数日，来到西岐。周武王和姜子牙得知黄家一行人反出朝歌，又惊又喜。武王设宴，主客共饮，相谈甚欢。

武王封黄飞虎为开国武成王，并下令为他造了王府。他的父兄子弟也都按照他们原来的官职安排好了，他的人马也均安置妥当。有了黄飞虎的加入，西岐的军事力量日益强大，距离反商行动也更近一步了。

第七章 闻太师伐西岐

姜子牙结怨申公豹

闻太师得知黄飞虎反出五关，气急败坏。彼时纣王失政，国内刀兵四起，暂时无暇征讨西岐，就命佑圣上将晁田前去西岐探个虚实。

晁田与其弟晁雷领兵来攻打西岐，被黄飞虎生擒并策反。闻太师又命青龙关张桂芳杀向西岐。

张桂芳及其门下先行官风林均善用幻术，在对阵中，利用幻术把西岐几员大将生擒回去。太乙真人算出西岐有难，让哪吒前去相助，哪吒助姜子牙打败了张桂芳。

张桂芳不是西岐对手，便给闻仲写信，让他派兵增援。闻仲请来了九龙岛四圣帮忙对付西岐。九龙岛四圣的坐骑是龙的后代，西岐的战马在它们面前根本无法站立，吓得匍匐在地、瑟瑟发抖。

姜子牙得元始天尊之助，得到封神榜和打神鞭。最终在太乙真人派遣过来的哪吒的帮助下，直接将张桂芳斩杀。就连前来相助的九龙岛四圣都被姜子牙打败，真灵上了封神榜。

而姜子牙上昆仑山求助元始天尊时，还发生了一个插曲。当时姜子牙从元始天尊那里得到了封神榜，刚迈出门，又被白鹤童子叫了回去。元始天尊对他说："待会儿你下山时，如果有人叫你，切记千万不能答应，否则就会引来三十六路大军讨伐西岐。"姜子牙从玉虚宫出来后，南极仙翁来送他，再次提醒他路上千万不能回应喊他的人。

姜子牙一路走得万分小心，他来到麒麟崖的时候，突然听见身后有人喊："姜子牙！"他心想：果真有人叫我，我千万不能答应。于是他装作听不见，加快脚步往前赶。结果身后的声音又喊："姜丞相！你等等我！"姜子牙还是不回应，低着头只顾赶路。就这样，那人连喊了三声，姜子牙都没理，那人便大骂起来："姜尚，你真是太薄情了！现在你当了宰相做了大官，就忘记了曾经和你在玉虚宫一起学道四十年的师兄弟了。"

姜子牙一听那人这么说，就停下脚步回头看了过去，发现那人穿着道袍，头上系着青色的头巾，身下骑着一只老虎。原来真是他的师弟申公豹。姜子牙就说："师弟，原来是你呀！我下山时师父嘱托我千万不可回应叫我的人，所以才没有回头。多有得罪了！"

申公豹见姜子牙抱着个物件，就问："师兄手里拿的是什么东西啊？要干吗去啊？"

姜子牙说："这是封神榜。要在西岐山上造封神台，挂在上面。"

申公豹又问："师兄，这场大战你保谁赢啊？"

姜子牙笑着说："当然是周王姬发。如今三分天下二分归周，商王早已不得民心。师弟你问这话是什么意思呢？"

申公豹说："你要去辅佐周王，那我偏偏要下山去帮商王，和你对着干！"

姜子牙一听，严肃地说："师弟你这说的是什么话！你这岂不是违背了师父的命令吗？"

申公豹轻蔑地说："姜子牙，你想辅佐周王灭了商王，你有这个本事吗？你学道不过四十年而已，只能算是略懂一些道法，哪比得过我？我已修行千年，移山倒海、降龙伏虎、上天入地无所不能。我还能把头取下来扔到空中，遍游千万里，然后再接回脖子上。这等本事你有吗？你听我的，不如烧了封神榜，和我一起去朝歌，我保你还是丞相。"

姜子牙不相信，就说："你如果真的能把头取下来飞在空中，我就答应你。"

"好，一言为定！"申公豹说着，就用法术让自己的头从身子上飞了起来。

南极仙翁送走姜子牙后，一直在宫门前不放心地眺望。他看到姜子牙果然上了申公豹的当，马上唤来白鹤童子："你快化成白鹤，把申公豹的头衔到南海去。"

姜子牙正被申公豹的法术迷惑，只见一只白鹤飞过来叼走了申公豹的头。他连忙急得大喊。南极仙翁突然出现在他背后，拍了他一掌，姜子牙瞬间清醒了过来。南极仙翁骂道："你这个呆子，申公豹心术不正，用了些小幻术就把你给迷惑了。师父让你不要应答他人，你偏不听，还差点烧了封神榜。你这一应，他将来就会召集三十六路兵马来讨伐你。现在白鹤童子把申公豹的头叼走了，只要过了一时三刻，头无法回到身子上，他就会死了。"

姜子牙不忍心，便说："道兄，看在他和我同门修行的分上，请饶他一命吧！"

南极仙翁说："你饶了他，他可饶不了你。到时三十六路兵马来伐，你可不要后悔。"

姜子牙回答："就是三十六路兵马来伐，我也不能舍弃仁义。"

南极仙翁见姜子牙决心已定，便让白鹤童子把头还给了申公豹。

由于慌了神，申公豹把头给安反了，拉着耳朵扯了半天才调正。

南极仙翁大喝道："你这孽障还不快走？真该把你送到元始天尊那去问罪！"

申公豹害怕南极仙翁，不敢多嘴，骑上老虎转身就跑。他临走前还不忘指着姜子牙狠狠地说："姜子牙你等着，我要叫你西岐血流成海、白骨如山！"

这姜子牙一时仁义，竟给自己惹来了包括闻太师在内的三十六路兵马，也是天意弄人。

闻太师降服四天君

连吃败仗后,闻仲又派出老将鲁雄为帅,奸臣费仲、尤浑为参军,再次讨伐西岐逆贼。鲁雄一生带兵打仗百余场,在途中得知张桂芳已死,于是一边让人给朝歌传信,一边安营扎寨,准备与西岐大战一场。但是没有想到姜子牙利用道法,降下鹅毛大雪,硬生生地把鲁雄、费仲和尤浑给冻死在营中。

那边闻太师接到游魂关总兵窦荣的报告,说是大败周将姜文焕。又接到三山关总兵邓九公的报告,说是他女儿邓婵玉大败周将鄂顺。他正高兴,韩荣的差官来到,报称魔家四将兵败身亡。他不由大怒,气得七窍生烟。他自思,如今东、南二路平安,看来是非得自己出马不可了。

纣王亲自摆酒饯行,闻太师举杯谆谆告诫,希望大王处理好朝政,做贤明君王。

闻太师饮过几杯,刚上坐骑,不料那墨麒麟跳起来,把他摔个倒栽葱。百官大惊。

下大夫王变向纣王说:"太师出征落骑实为不祥。"

闻太师却说:"这墨麒麟久不出征,筋骨不舒展,故有此事。"说罢,再次上骑,带着三十万大军亲征。他出了朝歌,渡黄河,到了渑池县。总兵张奎迎住闻太师,并告诉闻太师,去往西岐走青龙关最近。

于是闻太师人马离开了渑池县，一路军旗招展，直奔青龙关而来。

过了青龙关，道路狭窄，人马阻行。闻太师见道路如此艰难险峻，不觉有些后悔。但已行军数里，万万不能走回头路，于是继续前行。一天后走到了黄花山，往前一山连着一山，似乎更加艰难。闻太师索性让部队先驻扎下来，自己登高察看一番。

不远处山峰包围处，有一块较为平坦的地方，好似一个战场。闻太师心内大喜，骑上墨麒麟独自前往勘察。山顶上，凉风习习，一扫行军困乏之意。眼前松柏林立，郁郁葱葱，不禁感叹真是个好地方。

不料，这时脑后一片锣鼓声。闻太师急忙返回，原来是山下有军队在走长蛇阵。阵头的士兵穿着金甲红袍，骑着黑马，手持一柄大斧。闻太师正看得出神，不觉被那些士兵发现。士兵马上报告自家主将，那人抬头一看，命令收阵，骑马冲上山来。闻太师看见此将飞马而来，十分勇武，心中暗道："不如收服了这个将领，帮助我征伐西岐。"顷刻间马已到面前，来人大喊："你是什么人？胆敢私闯我家山洞。"

闻太师笑道："山川都属于天地所有，不是个人领地。我看这里风景秀美，想在这里搭建一所茅屋，用来读书，将军觉得可以吗？"

来人骂道："你想得美，在别人的地盘上建房子，那怎么可能呢？"说话之时，举起斧头便砍过来。闻太师举起金鞭迎战，顷刻之间，电光石火。

闻太师武艺高强，又征战多年，不会把来人放在眼里。但看到来人还能招架几下，本领还是有的，更加有收服他的心思。闻太师佯装要逃走，来人紧追不舍。待他要赶上的时候，闻太师挥舞金鞭，平地出现四面墙，把来人封在里面。

那人的士兵立即回营汇报,不大一会儿,有两个头领带着众士兵杀上山来。

闻太师不慌不忙,又轻挥了一下金鞭,说:"二位将军慢来。"

那两位头领看到闻太师长着三只眼睛,很是奇怪,上前怒问:"你是哪里的妖孽,敢在这里撒野?快说,把我家大哥弄到哪里去了?快放出来,不然,定不饶你。"

闻太师说:"原来他是你们大哥啊。我想在此地建茅屋修炼,他不同意,还冒犯我,被我制服了。你们两个,愿意我在这里建屋修炼吗?"二人哪里会同意?双双杀了过来。一个用单枪,一个用双锏,闻太师挥舞金鞭,三人打得不可开交。躲闪之间,闻太师向南奔走,二将赶来,闻太师又挥舞金鞭,将两位将领也用法术困住了。

二位来将带的士兵又回营汇报,原来还有一个头领在山后收粮。这位收粮的将领一听三位兄弟被人困住,顿时火冒三丈,提着锤钻杀上山来。闻太师见此人头戴虎头冠,面色赤红,还长了一对巨大的翅膀,心中十分喜欢,口中不住赞叹。看这个长了翅膀的来将拿着锤钻打了过来,闻太师忽然想到这个人有翅膀,五行遁术奈何不了他,于是便往东走。那人挥动翅膀,飞了起来,追到闻太师头顶。闻太师挥舞金鞭指了指岩石,命令黄巾力士:"快拿巨石把这人压住。"黄巾力士听令,用法力把巨石抛起,坠落时正好压住了长翅膀的来将。闻太师正要挥鞭打时,来将顿时服软:"手下留情,弟子有眼无珠,冒犯了您,请饶了我。"

闻太师收回金鞭,说:"我是当朝太师闻仲,你不认识我情有可原,暂且饶你。"

来将大叫:"原来是太师大爷,我不知道您大驾光临,我和我的几位兄弟冒犯了您，恳请您宽恕我们。"

闻太师说："宽恕也容易，你跟随我去攻打西岐，也算戴罪立功。"

来将连忙答应。闻太师让黄巾力士搬走岩石。来将从岩石下出来后跪拜太师，并自报家门："小人叫辛环，我们这里叫黄花山，我那三位异姓兄弟邓忠、张节、陶荣，也恳求太师饶恕他们。"

闻太师扶起辛环道："你们有多少人马？"

辛环道："一万多。"

闻太师听后大喜，这些人马，再加上粮草，足可以带去攻打西岐。

辛环再次跪下请求闻太师饶恕他的三位兄弟。闻太师挥鞭，只见电闪雷鸣、山川晃动，被困住的三人得以自由。三人听说与他们交手的人是当朝太师，纷纷拜服。四兄弟请闻太师上山到军帐中上座。闻太师发表了动员令："你们四兄弟勇猛有加，现在国家需要你们，也是你们出力的时候。我现在去攻打西岐，你们手下士兵，愿意跟随的，一同前去；不愿意去的，发放遣散财物，放他们回家。"四人领命。众士兵十有八九愿意跟随。于是四人打点粮草、兵器和人马，烧了山洞，准备随闻太师启程。

闻太师领大队人马浩浩荡荡行军，过了黄花山，不几日，来到一个地方，只见一块岩石上写着"绝龙岭"几个大字。闻太师停下墨麒麟，若有所思。邓忠见状，问闻太师有何异常。闻太师道："当年我在碧游宫学道，拜金灵圣母为师，师父让我下山辅佐成汤，并告诫我'绝'字为凶兆。没想到今天在这里遇到了这个字。"

邓忠四兄弟宽慰闻太师，区区一个字，完全不能主宰太师的祸福。闻太师听后稍感欣慰，命令大军继续前进。

西岐大战

这天来到西岐城南门，闻太师命令安下营寨。

姜子牙得知闻太师率大军来到，带众将上城。他见城下营寨秩序井然，深合兵法，不由暗叹：平日就听说闻太师有将才，今日一见，果然名不虚传。

姜子牙回到相府，与各位将领商议退敌大法。正商议间，有士兵进来汇报，闻太师派邓忠来下战书了。姜子牙拆开战书看完，告诉邓忠："邓将军暂且返回，告诉太师，三天后在城下会兵。"

不觉三天已到，城外炮声响亮，杀声震天。姜子牙命人马列队出城，按五行摆阵，旗号分青、红、白、黑、黄五色。姜子牙乘坐骑四不像，立在帅旗下，昆仑门下弟子和众将分列两旁。

闻太师骑在墨麒麟之上，头戴金色九云冠，长须飘扬，手持金鞭，十分威武。左右有邓忠、辛环、张节、陶荣四将，个个也是威风凛凛。

姜子牙上前行礼道："太师前来，姜尚有礼了。"

闻太师道："姜丞相，不敢当啊。我听说你是昆仑名士，怎么能做朝廷的逆臣呢？"

姜子牙答："我学道于玉虚门下，做事顺乎天意，怎么能说我是朝廷的逆臣呢？"

闻太师听后反驳道："你辅佐西岐，抵挡王师，有叛君之罪；杀戮朝廷将士，有大逆之罪。今天在这里，你拉开阵势，要和朝廷对抗，实在大逆不道。"

姜子牙笑道："如今的成汤君王败坏朝纲，民不聊生。西岐顺应天意，也顺应民意，我辅佐西岐，是理所应该的。我在西岐，你在朝歌，各守疆域，各司其职。今天你来到这里，逆天行事，实属不该。战场上的事，输赢不好说。请太师三思而后行，不要损了太师的一世英名。"

闻太师被姜子牙说得一时有些接不上话，面露怒色。他看到黄飞虎在对方帐下，大叫道："叛臣黄飞虎，还不过来谢罪？！"

黄飞虎被指名道姓，难以回避，略微向前道："我与太师分别，已有些年头了。今日相见，我的冤屈也可伸张了。"

闻太师大怒道："你造反、杀害朝廷命官，罪恶滔天。来人啊，把这个反贼给我拿下！"

邓忠听后拍马摇斧，直取黄飞虎，黄飞虎挺枪出迎。张节前来助阵，出现了二打一的局面。西岐的南宫适挥舞着大刀助阵黄飞虎。随后陶荣使铜杀出，西岐武吉拍马接住。

一时间，两阵有六员大将，分三对交锋，杀得天昏地暗。辛环看到三位弟兄一时不能取胜，便展开翅膀飞上空中，前去助阵。周营看到对面飞起一个面貌恐怖的怪物来，都吓得不轻。黄天化催开玉麒麟，使双锤，急忙抵挡辛环。

闻太师看到黄天化的玉麒麟，知道对方也是修道之人，便拍自己的墨麒麟，舞雌雄金鞭杀奔姜子牙。姜子牙也催动坐骑四不像挥剑迎敌。

闻太师久经战阵，鞭法厉害，而且他的两条金鞭是两条蛟龙所化成的，分为一雄一雌，更是力大无比。他挥起雄鞭，打中了姜子牙的左肩，姜子牙从四不像上翻落下来。危急时刻，哪吒脚蹬风火轮急速赶来，救出了姜子牙。闻太师又挥鞭击打哪吒。哪吒稍有不备，被闻太师从风火轮上打了下来。金吒看到兄弟被打，冲了过来，用宝剑架住闻太师的金鞭。但他也根本招架不住，连前来帮忙的木吒一起加起来也不是对手。哪吒三兄弟接连被打，逐渐落于下风。杨戬在一旁见了，连忙骑着银合马，上前挺枪刺向闻太师。闻太师一鞭飞来，正中杨戬脑门，只打得是火光四射。但杨戬依旧安然无恙，闻太师在心中暗自佩服赞叹。

旁边陶荣大战武吉，见交战双方一时难分胜负，便取出聚风幡，摇了几下。霎时间飞沙走石，天昏地暗。西岐将士不辨东西，丢旗弃鼓、四散溃逃。闻太师率众将大杀一阵，得胜回营。

姜子牙收败兵回城，着实气恼。杨戬忙劝道："不如歇一两天再战，到时来他个先下手为强，定能取胜。然后再乘胜夜袭敌营，一举拿下闻仲。"姜子牙听了，很是赞同。

休整两天后，西岐人马杀出城来。闻太师点兵出阵迎战。

姜子牙喊道："今日与太师一决雌雄。"

闻太师懒得应答，直接杀了过来。顷刻间剑鞭交织，打成一片。姜子牙左有杨戬，右有哪吒，打得闻太师难以招架。邓忠看到闻太师处于劣势，前来助阵闻太师，黄飞虎见势截住邓忠。张节、陶荣来帮邓忠，西岐武吉、南宫适也加入助阵黄飞虎。双方打得难舍难分。

闻太师见状，挥舞起了金鞭；姜子牙不甘示弱，也拿出了打神鞭。一鞭下抽，一鞭上迎，二鞭在空中相逢，打神鞭把雌雄金鞭一下打成了两截，掉落地上。闻太师见雌雄金鞭被打断，心疼得不得了。他正气得大叫，不想打神鞭飞来，把他从墨麒麟上打了下来。吉立、余庆杀出，闻太师借土遁逃走了。

姜子牙与众将大杀一阵，得胜回城。杨戬前来献言："姜丞相，今夜我们去劫营，闻太帅没有防备，我们一定得胜。"姜子牙抚须点头认可。

闻太师败阵回营，余怒未消，闷闷不乐。坐到半夜，忽见杀气笼罩中军帐，他焚香卜卦，笑着说："姜子牙想趁我不备劫营，自以为高明，我看这不是什么好计谋。"接着紧急传令："邓忠、张节防守左营，辛环、陶荣防守右营，吉立、余庆守护粮仓，老夫自坐中军帐，自然平安无事。"

闻太师自认安排妥当，就等西岐兵马。姜子牙安排人马悄悄出城，在各处都做了记号，等到初更时分预定攻击时间一到，一声战鼓擂起，将士们呼声震天，杀进敌营。哪吒和黄天化先从中间杀了进来，左边有黄飞虎父子、右边有四贤众将一齐杀了进来。哪吒冲杀进中帐，闻太师跨上墨麒麟，提鞭迎战，黄天化、金吒、木吒、韩毒龙、薛恶虎一众人马助阵。闻太师逐渐抵挡不住，被围困在了中央。

同时黄飞虎父子在左营与邓忠、张节大战，南宫适等在右营与辛环、陶荣交上了手。杨戬在后纵马杀到粮仓，借腹中真火，把粮草堆点了起来。

闻太师被围困在中间，忽然抬头看见粮仓方向火光蹿起，知道粮草被烧，大军难以再战。他使尽力气，左架右挡，从包围圈中杀了出来。这时姜子牙赶到，用打神鞭向闻太师打去。闻太师已无心恋战，骑着墨麒麟且战且退。邓忠、张节、陶荣见闻太师在撤退，也知无法挽回，只能败走。辛环见状，用巨大的翅膀保护着闻太师，退往岐山。

这是闻太师生平的第一场惨败。

十绝阵

闻太师此战损失两万人马。他非常气愤，长叹道："我自从带兵打仗以来，从来没有这么失败过。"他发誓要找回场面，当即前往东海金鳌岛寻求援助。

登岛后，闻太师发现各处洞门紧闭。正失望之时，看见了菡芝仙，得知金鳌岛上的道友都在白鹿岛练十阵图，怪不得洞门紧闭呢。军情十万火急，闻太师顾不得寒暄，当下辞别菡芝仙，立即赶往白鹿岛。各位道友看到闻太师到来，纷纷迎接。领头的秦天君说："太师来得正好，前几日申公豹让我们去西岐援助太师，我们在此练习十阵图，准备助太师一臂之力。现在已经练好，正在休息，太师就到了。真是恰逢其时。"

闻太师闻言大喜，问道："何为十阵？"

秦天君说："这十绝阵各有妙用，空前绝后，变化无穷。细说不如实战，到西岐摆出十阵图实战再看吧。"

闻太师当即带众人赶往西岐。

西岐那边，姜子牙自从取胜后，在相府每日与将士讨论兵法，演练阵形。一天忽听得门外人马嘈杂，就知道闻太师搬来救兵了。

姜子牙和哪吒、杨戬一同登上城楼，观看闻太师搬来的救兵。此次果然阵势浩大，只见十道黑气从军帐直冲云霄。姜子牙看了不免有些胆寒，立马下城楼，到军帐与众将士商谈破敌之法。

次日闻太师布开阵势，点名让姜子牙出来答话。姜子牙也摆出阵来。闻太师后面有十个骑着鹿的道人，脸分五色——青、黄、赤、白、红。

秦天君上前自报家门："我是截教门人、金鳌岛的秦完。我们在岛上修炼十阵图，摆好阵后请你过目。我们截教不靠勇力，勇力只会伤及无辜，所以我们要摆阵请道兄前往欣赏、指教。"

姜子牙答道："姜尚愿意受教。"

随即秦天君退回闻太师阵中，对其他九位骑鹿道人嘱咐一番。十道人返回营中，不出两个时辰，摆好了十绝阵。秦天君再次上前请姜子牙前去观看。

姜子牙带着哪吒、杨戬等几位前往看阵。这十绝阵分别为天绝阵、地烈阵、风吼阵、寒冰阵、金光阵、化血阵、烈焰阵、落魂阵、红水阵、红砂阵，每一阵都有各自的险绝之处。

几人看完回到阵前，秦天君问姜子牙："这十绝阵你破得了吗？"

姜子牙道："同为道中人，也知是道术，怎么破不了呢？"

秦天君继续追问："何时来破？"

姜子牙答："我自有办法。如今此阵你们还没完全摆好，等摆好后书信通知我，我自会前来破阵。"

回到相府，姜子牙一脸愁容。哪吒问："刚才师叔说此阵可破，为何又发愁呢？"

姜子牙长叹道："话是那么说，但谈何容易啊。这是截教的阵法，全是一些古怪的幻术，阵名也是第一次听说，如何破？"

那边十位道人回营后，闻太师令人备好酒肉，好生款待。秦天君得意地对太师说："我看姜子牙道行太浅，他说能破，不过是缓兵之计。这十绝阵空前绝后，上次在白鹿岛没有给太师讲解，今日我给太师仔细讲讲十绝阵的妙处，也让太师安心。"

接着秦天君开始讲解十绝阵。果然是个个不同凡响。

天绝阵，得先天清气而成，内藏三幡。只要进入此阵，雷响之处，凡人会化作灰尘，仙道则肢体震碎。

地烈阵，内藏一道红幡，红幡动时，上有雷鸣，下有烈火，不管是凡人还是仙道，谁都逃脱不了。

风吼阵，内有风火，风起之时，有数百万兵刃从风中喷薄而出。在火的助力下，数百万兵刃威力无穷，就算有排山倒海的异术，也抵挡不住万刃齐发。

寒冰阵，其实不仅是寒冰，更是刀山。此阵中有风雷，上有冰山如狼牙，下有冰块如刀剑，风雷动时，上下一碰，能将进入此阵的人瞬间碾得粉碎。

金光阵，当中有二十一根木杆挑着二十一面镜子，每一面镜子上都笼罩着一个布套。人一旦进入此阵，碰掉了布套，镜面就会在雷声中射出金光，金光照射之处，一切化为灰烬。

化血阵，采先天灵气而布阵，中有风雷，内藏数片黑砂。雷响之时，风卷黑砂，漫天飞舞，人只要沾到黑砂粒，立即化为乌有。

烈焰阵，内藏三火，在三道红幡的扇动下，三火合并，火势更加猛烈，顷刻就能将一切化为灰烬。

落魂阵，中藏天地厉气，由厉气积聚而成，内有一道白纸幡，幡上画有符咒。进入此阵，在白幡的摇动下，人立刻魂飞魄散。

红水阵，中有一座八卦台，台上有三只宝葫芦，葫芦中都装着一种特制的红色药水。人进入此阵，只要把葫芦倾倒，红水汪洋恣肆，人就会被红水淹死；即便不淹死，只要身上溅到一点，也会立刻殒命。

红砂阵，内藏三斗红砂，看似只有三斗其实取之不尽；看似是红砂，其实红砂瞬间会变成利刃。在此阵中，红砂飞动，遮天蔽日，所到之处，人马骸骨无存。

闻太师听得如痴如醉，手舞足蹈，大笑道："妙，太妙了。有这十绝阵，就算姜子牙有百万雄师、各路神仙，他也破不了啊。看来拿下西岐指日可待。"

这边姜子牙正在为如何破阵绞尽脑汁，一日正与众将士商议，忽然听到半空中鹿鸣呦呦，好奇是谁来了。只见空中飘来一位道人，骑鹿驾云而来。姜子牙认出此人是灵鹫山元觉洞的燃灯道人，他也是阐教的副教主。

真是踏破铁鞋无觅处，得来全不费工夫。原来燃灯道人带领元始天尊门下的十二金仙，正是下凡协助姜子牙破阵。

首阵便为天绝阵，由秦天君秦完所布。玉虚宫的门人邓华自告奋勇前去破阵。邓华与秦天君大战几回合，秦天君将邓华引入阵内，摇动三幡降下滚滚神雷。只见邓华昏昏沉沉，不知道东南西北，倒在地上死于非命。燃灯道人见邓华殒命，叹息一声，又命文殊广法天尊前去破阵，并嘱咐他万分小心。文殊广法天尊进入阵后现出法身，秦天君又摇动三幡，但文殊广法天尊却丝毫不受影响。这时，文殊广法天尊取出了法宝遁龙桩，牢牢困住了秦天君，并挥剑砍去，天绝阵至此告破。

第二阵地烈阵由赵天君赵江所布，只见雷火在阵中若隐若现。燃灯道人派惧留孙前往破阵。只见赵天君挥动五方幡开始施法，惧留孙见情形不妙，立刻取出捆仙绳，捆住了赵天君，又命黄巾力士将他提回周营。地烈阵危机解除。

第三阵风吼阵，由董天君董全所布，两口太阿神剑护佑，黑幡摇动便有万千风刃出现。但此阵唯独惧怕定风珠。慈航道人手持此物进入阵中，并用神物清净琉璃瓶将董天君吸入瓶中。风吼阵随之告破。

第四阵寒冰阵，由袁天君袁角所布，阵内有冰山冰块，像一排排锋利的刀刃，犬牙交错。普贤真人先用八角金灯融化冰山，再用吴钩双剑把袁天君斩于台下。寒冰阵已成虚无。

第五阵金光阵，由金光圣母所布，阵中有大量宝镜，可射出灭绝金光。广成子的八卦紫绶仙衣免疫金光，又使出番天印使金光圣母毙命。

第六阵化血阵，由孙天君孙良所布，阵中漫天黑砂，生灵沾上黑砂即殒命。太乙真人以五色云挡黑砂，降下九龙神火罩把孙良烧为灰烬，此阵告破。

第七阵烈焰阵，由白天君白礼所布，三面红幡能召唤三昧火、空中火、地下火三火。散人陆压道君迎战，他是火内之珍、离地之精、三昧之灵，不惧火烧，火焰煅烧两个时辰也安然无恙。最后他用葫芦至宝将白礼制服，此阵告破。

第八阵落魂阵，由姚天君姚斌所布。此阵威力非凡，白纸幡能让人顷刻湮灭，扎草人更是能定住敌人三魂七魄，同时还有夺命黑砂。姜子牙再次经受莫大凶险。幸而赤精子身穿八卦紫绶仙衣，头顶现出五色云，更用阴阳镜晃住敌人，一剑夺走姚斌首级，此阵方告破。

第九阵红水阵，由王天君王变所布，阵中三只葫芦装着红水，稍有不慎，沾上一点便会化为血水。清虚道德真君脚踏莲花，在红水中犹如净水行舟，最后用五火七禽扇将王天君化为灰烬，此阵告破。

最后一阵红砂阵，由张天君张绍所布，阵中漫天红砂，人如若被击中便瞬间化为乌有，非常险恶。燃灯道人说："要想破解此阵，只有周王亲自出马。"

姜子牙非常奇怪："我家大王不善武艺，更不会法术，怎么能破解此阵呢？"

燃灯道人说："事不宜迟，速请周王过来，我自有办法。"

过了一会儿，周王被请了过来。他向众仙人行礼，各位仙人连忙还礼。他问到底是何事请他过来。燃灯道人说："如今十绝阵已破九阵，只剩最后一个红砂阵，此阵必须您亲自破阵。不知您敢不敢去？"

周王说："各位师父都是为了平定祸乱、保护我的子民来到这里，我哪里还有不去的道理呢？"

燃灯道人听了非常高兴，在周王的前胸、后背各画了一道符印，又在他的蟠龙冠内放了一道符咒，然后让哪吒和雷震子护送周王一同前去破阵。

三人进入红砂阵，被张天君打出的红砂击中，困于阵中。燃灯道人见阵中黑气上冲，却并不着急，说："周王吉人自有天相，百日之后三人定可脱险。"

到了周王被困的第一百天，众仙齐聚红砂阵前。南极仙翁座下的白鹤童子说："我师父前来破阵。"张天君闻言，凶神恶煞地走出

阵来，杀向南极仙翁。但几个回合下来，张天君落于下风，于是把南极仙翁引入阵内。张天君用红砂打向南极仙翁，却被南极仙翁用五火七翎扇挡住。张天君见势不妙，想跑，被白鹤童子用三宝玉如意击中，一剑夺其性命。至此十绝阵终于被尽数粉碎，被困的周王、哪吒和雷震子最终也转危为安。

此战凶险万分，若无十二金仙助力，姜子牙等人恐怕早已形神俱灭、粉身碎骨。

闻仲归天

此前为了增加胜算，闻太师又请来了道友赵公明助战。但赵公明被陆压用法术所杀。这引来了赵公明胞妹三霄娘娘的复仇。三霄娘娘一不做二不休，摆出了九曲黄河阵，将十二金仙全部困住；就在十二金仙即将全军覆没之际，元始天尊和太上老君亲自下界，破了九曲黄河阵，斩杀了三霄娘娘。

没有了道友的助阵，闻太师凡间的兵马，哪里敌得过姜子牙的军队。在西岐大军的猛攻之下，闻太师一夜败走七十余里。直追至岐山脚下，姜子牙才鸣金收兵。

到了岐山，闻太师清点兵马，仅仅剩下三万余人。从出征时的三十万大军，到如今的三万大军，真是天差地别。

闻太师损兵折将，逃往佳梦关。佳梦关中早有广成子阻路。广成子祭起番天印，闻太师知道番天印的厉害，转而逃往燕山。而燕山中早有赤精子把守，赤精子的法宝是阴阳镜，这也是闻太师惹不起的。

于是闻太师只能逃向青龙关。哪吒在青龙关阻路，两军大战，哪吒斩杀了吉立、邓忠。闻太师见损了两员大将，无心恋战，夺路而走。哪吒截断了闻太师一大半人马，招降了敌军两万人。此时闻太师的残兵，不足万人。

闻太师逃向黄花山，与黄天化对战二三十回合，黄天化斩杀了闻太师的大将余庆。闻太师收拾残兵，往东南逃走，却迷了道路。杨戬用七十二般变化，变出凡人为闻太师指路，将闻太师引至绝龙岭。绝龙岭则是闻太师的死地。

终南山玉柱洞的云中子，早在绝龙岭等待着闻太师。云中子祭出了八根神火柱，将闻太师困在当中。每一根神火柱中，都现出四十九条火龙，喷射火焰。这火焰可不是一般火焰，它威力十足，逢山烧得石空，遇木即成灰烬。但闻太师念着避火诀，根本不怕这火焰。闻太师想向空中逃走，谁知厉害的不是神火柱，而是紫金钵盂。燃灯道人早将紫金钵盂在空中罩住，闻太师撞到紫金钵盂，跌了下来，被烧成了灰烬。

可怜成汤首相闻太师就这样为国捐了躯，灵魂飘向了封神台。可是闻太师忠心不灭，一点真灵借着清风，飘向朝歌城内，托梦给商纣王，做最后的道别。

闻太师谏曰："老臣奉旨西征，但屡战失利，枉劳无功，现在已绝于西土。愿大王能勤修仁政，求贤辅国。现在改正以前的错误，一切都还有挽回的余地。老臣欲再诉深情，只恐怕会耽误进封神台了。老臣去也！"

第八章 大结局

商朝覆灭

话说朝歌被周王军队拿下后，杨戬抓住了妲己、雉鸡精、复活重生后的琵琶精三个妖精，带来交给姜子牙。姜子牙喝道："你们三个妖孽，迷惑纣王，把成汤的江山断送个干净。你们残害无辜，祸乱无数，罪当立斩。"

妲己跪在地上哀求道："我是冀州侯苏护的女儿，从小父亲疼爱，不知世事。国家政务都是大王做主，大臣操办，我不过是一个弱女子，不可能有断送江山的作为。大王无道是他的事。如今周王军队攻进朝歌，丞相你声名远扬、德传天下，杀了我们女流之辈，说出去脸上也不光彩。何况罪不及妻儿，我求求丞相放过我们！"

姜子牙正色道："你说你是冀州侯苏护的女儿，这是花言巧语。到现在了，你还不老实。我知道，你杀死了苏护的女儿，借她的躯壳入宫迷惑天子。你就是只九尾狐狸，现在还在迷惑大家。我是不会放过你的。该杀！"

接着姜子牙命令把她们推出辕门，立刻斩首。

法场上，雉鸡精和琵琶精都垂头丧气、灰头土脸。但妲己则跪在地上，施展妖术，让行刑士兵无法下手。

于是姜子牙下令："杨戬监斩雉鸡精，韦护监斩琵琶精，雷震子监斩妲己。"

一声令下，雉鸡精和琵琶精当场毙命。只有雷震子这边，士兵们迟迟未行刑。雷震子报告姜子牙；姜子牙怒斥雷震子，又命杨戬和韦护二人一起监斩妲己，另外换了几名行刑的士兵。还是老样子，看来妲己的妖力实在太强。二人商议后，还是决定报告姜子牙定夺。

姜子牙觉得自己错怪了雷震子，对众人说："这个妲己是千年老狐狸所变，道行很深厚，我要亲自斩杀。"姜子牙到了行刑现场，喝退了东倒西歪的行刑士兵，叫人搬来香案，点上香，把陆压给的葫芦放在香案上。他打开葫芦上的盖子，顿时有一道白光向空中蹿升，随即白光变成飞刀的样子。姜子牙念道："转身！"那道白光在空中旋转了几圈，妲己的人头就已经掉在了地上，一命呜呼。

纣王这边一直坐卧不宁，见周围人忙乱嘈杂，问是怎么回事。一位侍卫回答说："三位娘娘找不到了。"不一会儿，又有一人汇报说："三位娘娘找到了。但是找到的是身首分离的娘娘，此刻正在西岐军队的辕门。"

纣王大惊失色，连忙上五凤楼观看，果然看见三位娘娘的人头都挂在辕门之上，顿时伤心不已。

西岐军队三军呐喊，马上就要来攻打纣王了。纣王长叹一声，知道大势已去。他下了五凤楼，往摘星楼去。忽然一阵旋风平地而起，很快罩住了纣王。怪风里，不时传来诅咒声，正是被纣王和妲己残害的忠良之士的鬼魂来找纣王算账了。

纣王费力地挣脱冤魂，昏昏沉沉走到九曲栏边，抚栏问："封宫官在哪里？"

封宫官慌忙上前答话。

纣王说:"我当初没有听忠臣的话,今天兵败如山倒,真是悔之晚矣。我被抓后不免受辱,不如自焚,还落个干净。你去多拿些柴薪,堆积在楼下,将我和摘星楼一并烧了。"

封宫官哪里敢焚烧大王,哭泣着不答应。纣王再次催促说:"我知道你是良臣,这不关你的事。天要亡我,我不得不亡。今天就是我的亡日。你快去吧,多拿些柴薪。"

封宫官只好下楼找来柴薪,堆积在楼下。纣王自己正了正衣冠,手持碧圭,端坐楼中,示意封宫官点火。顷刻间干柴熊熊燃烧起来。纣王看楼下风狂火猛、烈焰冲天,长叹道:"我死不足惜啊!"

远处姜子牙与周武王、东伯侯、北伯侯看见了火光,上马出辕门观看。烟雾弥漫之中,隐约能看见有个人端坐楼上,即将被大火吞噬。众人认出,此人正是纣王。几个人感叹道:"那个昏君今天落了个自焚的下场,也是罪有应得。"

那火越来越旺,很快火舌就烧到了楼顶。楼下的立柱烧毁,几声巨响之后,摘星楼轰然倒塌,将纣王埋入火中,刹那间化为灰烬。

封神三百六十五

战争结束，姜子牙上昆仑山请到玉符、敕命，借土遁回到了封神台。

封神大典即将开始。姜子牙沐浴更衣，命人在封神台中央供放符敕，斟酒献花，绕台三匝。诸神簇拥上前观看封神榜，榜首为柏鉴。柏鉴手持魂幡，跪下与众神等姜子牙开始封神。

姜子牙宣读道："今奉太上元始敕命，轩辕黄帝的大帅柏鉴，征伐蚩尤，不幸捐躯，今封你为三界首领八部三百六十五位清福正神。"

柏鉴叩头谢恩。

姜子牙继续宣读："今奉太上元始敕命，黄天化尽忠报国，尽孝救父，年纪轻轻就不幸捐躯，今封你为管领三山正神炳灵公。"

下面继续宣读：

黄飞虎为五岳之首，总管天地人间吉凶祸福。崇黑虎为南岳衡山司天昭圣大帝，闻聘为中岳嵩山中天崇圣大帝，崔英为北岳恒山安天玄圣大帝，蒋雄为西岳华山金天愿圣大帝。以下分别为雷部正神二十四位、火部正神五位、瘟部正神六位、斗部正神等等。其中，纣王被封为天喜星，四处搬弄是非的申公豹被封为分水将军执掌东海。其他人数众多，不再一一列举。

如此，姜子牙封完了三百六十五位正神。

各位神仙听到自己的封号之后各自去领受执掌，纠察人间善恶，监督三界大事；从此超脱生死，在神界得以永生。

此后，周武王分封各路诸侯，定都镐京。姜子牙回分封的齐国颐养天年，安详终老。

图书在版编目（CIP）数据

少年趣读封神演义 /（明）许仲琳著；李宝新改写.
武汉 : 长江文艺出版社, 2025.1. --（百读不厌的经典
故事）. -- ISBN 978-7-5702-3912-2

Ⅰ. I242.4

中国国家版本馆CIP数据核字第2024MZ7543号

少年趣读封神演义
SHAONIAN QUDU FENGSHEN YANYI

策划编辑：叶　露
责任编辑：马菱苈　　　　　　　责任校对：程华清
封面设计：胡冰倩　　　　　　　责任印制：邱　莉　胡丽平

出版：长江出版传媒　长江文艺出版社
地址：武汉市雄楚大街268号　　　邮编：430070
发行：长江文艺出版社
http://www.cjlap.com
印刷：武汉市籍缘印刷厂

开本：710毫米×1000毫米　1/16　　印张：9.25　　插页：8页
版次：2025年1月第1版　　　　　2025年1月第1次印刷
字数：103千字

定价：29.00元

版权所有，盗版必究（举报电话：027—87679308　87679310）
（图书出现印装问题，本社负责调换）